SERAPHIC FEATHER

3

Toshiya Takeda
Hiroyuki Utatane

Das Zentrum

EGMONT MANGA & ANIME
漫画
adult

1. Auflage
EGMONT MANGA & ANIME
Wallstr. 59
10179 Berlin
Übersetzung aus dem Französischen: Fritz Walter
Verlagsleitung: Georg F.W. Tempel
Redaktion: Etsche Hoffmann-Mahler
Lettering: Horus und Kirsten Mischok-Odenthal
Gestaltung: Claudia V. Villhauer
Koordination: Andrea Reule
Buchherstellung: Uwe Oertel
Originaltitel: „Seraphic Feather" Vol. 3

Druck und Verarbeitung: Nørhaven, Dänemark
ISBN 3-89885-295-4

18. Akt

Wuin
Wuin

GIBT ES OPFER UNTER DEN GÄSTEN?
WIR HABEN INFORMATIONEN ERHALTEN, DIE VON EINEM ATTENTAT SPRECHEN ...
WAR DAS EIN UNFALL?
ALLE JOURNALISTEN... RAUS!
ZUTRITT ZU DIESEM ETABLISSEMENT HABEN NUR POLIZEIBEAMTE.
SOLLTEN WIR NICHT HIER BLEIBEN, UM ALS ZEUGEN AUSZUSAGEN ...?
ÄH... ALSO ...
HIER KÖNNEN WIR NICHT DURCH. WIR GEHEN HINTEN RAUS.

UND WAS WILLST DU IHNEN ERZÄHLEN ?
DASS EIN SELTSAMES UNGEHEUER AUFGETAUCHT IST, DEN KELLNER GETÖTET HAT UND DANN WIEDER VERSCHWUNDEN IST?
UND DASS DAS MÄDCHEN, DAS ES ZUSAMMEN MIT DEM KELLNER GETÖTET HAT ...
...AUF WUNDERSAME WEISE WIEDER ZUM LEBEN ERWECKT WURDE ?
ÖH ...

ICH HASSE SITUATIONEN, DIE MICH IN VERLEGENHEIT BRINGEN.
DAS PASSIERT MIR ZU OFT!
WAS MICH BETRIFFT ...
OKAY, GEHEN WIR!
TUT... TUT MIR LEID.

FRÄULEIN M-ZAK, SOLL ICH SIE INS BÜRO DER UNO ZURÜCK-BRINGEN?

BIP
GIBT ES IN DIESEM WAGEN EIN TELEFON?
JA, BITTE.
HALLO, ICH BIN'S.
JA?

MEIN SOHN, DER DABEI IST, ETWAS AUSZUHECKEN. ER HANDELT IM EINVERNEHMEN MIT DIESKARTS UND IGNORIERT DIE ANWEISUNGEN DER UNO.
GENAU, HERR ERNEST. MEIN SOHN!
IST IHNEN KLAR, WAS SIE DA SAGEN?
SIE... SIE ...
HEIDE-MANN!
ABER NIEMAND WEISS, WAS GENAU ER PLANT.

SIE BEHANDELN IHREN SOHN, ALS WÄRE ER EIN ...
MEIN SOHN!!
HM?
SOVIEL ICH WEISS, IST MEIN SOHN BEI EINER EXPLOSION UMGEKOMMEN ...
...VOR EINEM JAHR!
WAS?
TILAAK
ENT-SCHULDI-GEN SIE.
BIP BIP

HM ...
GUT, ICH VER-STEHE.
MACHEN SIE SICH SOFORT AUF DEN WEG. ICH BIN GLEICH BEI IHNEN.
BIP
ICH WERDE MICH MIT ALLER KRAFT UM DIESE ANGELEGENHEIT KÜMMERN MÜSSEN.
Tlack
WAS ...

TATSÄCHLICH IST DAS AUCH DER EINZIGE GRUND, WARUM ICH ZU IHNEN GEKOMMEN BIN.
ICH VERLASSE MICH DARAUF, DASS SIE ALLES ARRANGIEREN, HERR ERNEST.
HEIDEMANN, WARTEN SIE! ICH ...
ABER... WARTEN SIE ...
AUF WIEDER-SEHEN.
ICH WEISS NICHT, WAS DU VORHAST, ABER ICH WERDE DICH NICHT GEWÄHREN LASEN!
ENDLICH WERDE ICH DICH KRIEGEN, APEP!

UFF.
SEHR GUT.
ALLES AUFGE-NOMMEN.
TUT MIR LEID, KEI, ABER DER AUSFLUG IST HIER ZU ENDE.

SUNAO, ICH HÄTTE EINE BITTE. KÖNNTEST DU SIE INS BÜRO DER UNO BRINGEN?
WIE?
OH. JA.
ICH ZÄHLE AUF DICH.
HÄ? ABER ...?
WARTEN SIE FRÄU-LEIN M-ZAK!!
MACH DIR KEINE SORGEN! DAS GELD FÜR DAS TAXI BEKOMMST DU AUCH ERSETZT.

WAS FÜR EINE FRAU, DIESE M-ZAK!!
PFF
Tof
UN BRANCH OFFICE THE MOON:
ELMHURST LN. SUITE CHICO-D. CIT.
PLEASE TOUCH RECO, KEY
BI BIP

KRU
Tsit
ABER ...
AH, ENDLICH BEGINNT SIE SICH ZU ENTSPANNEN.
Hmm

SIE MÜSSTE DREI JAHRE ÄLTER SEIN ALS ICH. ABER SIE SIEHT SOGAR JÜNGER AUS ALS AUF DEM FOTO VOR DER EXPLOSION.
SCHON SELTSAM ...
UNGLAUBLICH... DAS IST DIE KEI, DIE ICH KANNTE.

UND DANN ...
ABER DAS MUSS PASSIERT SEIN!
WIE DAS UNGEHEUER VON GERADE EBEN ...
HRRM ... NEIN!
SEIT WANN KANN ICH SOLCHE DINGE VOLLBRINGEN ?!
ZIN
ICH HATTE VORHER NOCH NIEMALS SOLCHE KRÄFTE.
SHLING
SU-NAO.

WOOOAAAAAAH!!
KYAAA
WA-WAS? KEI! DU BIST WACH?
ALLES OKAY? FÜHLST DU DICH GUT? UND DEIN KÖRPER? ALLES IN ORDNUNG? KEINE SCHMERZEN?
MIR GEHT ES AUSGEZEICHNET... ABER ...
DU BIST SICHER, DASS MIT DIR ALLES IN ORDNUNG IST, SUNAO?
WIE?
HA HA HA HA HA HA HA HA!
NATÜRLICH! ALLES BESTENS!
TOM TOM
WAS WOLLTEST DU SAGEN?

KENNST DU EIN ZENTRUM FÜR HUMANFORSCHUNG? ICH... ICH MÖCHTE GERNE DORTHIN.
WIE?
JA, ICH KENNE ES... ABER ...
DAS IST AUF DER ANDEREN SEITE DES MONDES. UND SEIT DEM UNFALL DARF DORT NIEMAND OHNE GENEHMIGUNG HIN.
DAS LABOR STEHT AUF DEN RUINEN DER KUPPEL... DIE IM LETZTEN JAHR EXPLODIERT IST.
EX-EXPLODIERT ...?
WIR KÖNNEN DA NICHT HIN. TUT MIR LEID.
DU MUSST ETWAS TUN! ICH MUSS UNBEDINGT MEINEN GROSSEN BRUDER BEFRAGEN!
STAFF

KANNST DU IHN NICHT ANRUFEN ?
DAS TELEFON IST DA.
MUSST DU IHN WIRKLICH SEHEN, UM IHN ZU BEFRAGEN ?
NEIN... NICHT UNBE-DINGT ...
'SHAF
ICH VERSTEHE, DIESER GROSSE BRUDER IST DERJENIGE, DER HIKARI, IHRE SCHWESTER, GEHEIRATET HAT.
ICH ERINNERE MICH, DASS SIE SEHR SCHÖN UND SEHR NETT GEWESEN IST.
...
?
GEHT NIEMAND DRAN ?
HM.
Aufgrund eines Unfalls ist dieser Anschluss zur Zeit nicht in Betrieb ...

SAG, KANNST DU NICHT ETWAS UNTERNEHMEN ?
HMM ...
ABER HAST DU DENN NICHT EINE VERAB-REDUNG BEI DER UNO ?
JA!
ICH WERDE MEINEN VATER FRAGEN!
SHTAK
Tschic
MIST ...
MEIN VATER HAT DAS BÜRO IN EINER DRINGENDEN ANGELEGENHEIT VERLASSEN. SIE WISSEN NICHT, WANN ER ZU-RÜCKKOMMEN WIRD.
Buff
SUNAO, SO TU DOCH WAS! IMMERHIN BIST DU MEIN FÜHRER !!
ABER ...
SHLAP

KLEIDER ?
OH! ÄH, ICH... ALSO... ZUERST... KEI, DEINE KLEIDER ...
STAF
ICH... ARGH ...
KYA AA
PAAFF
Tchik

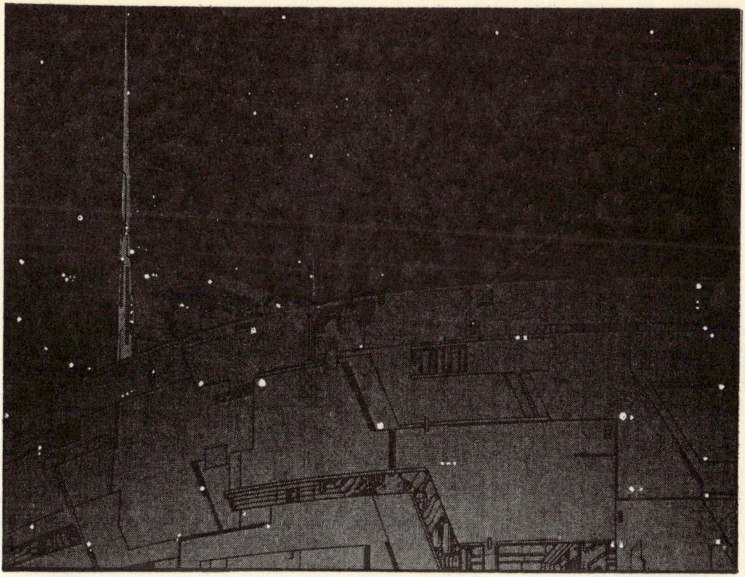

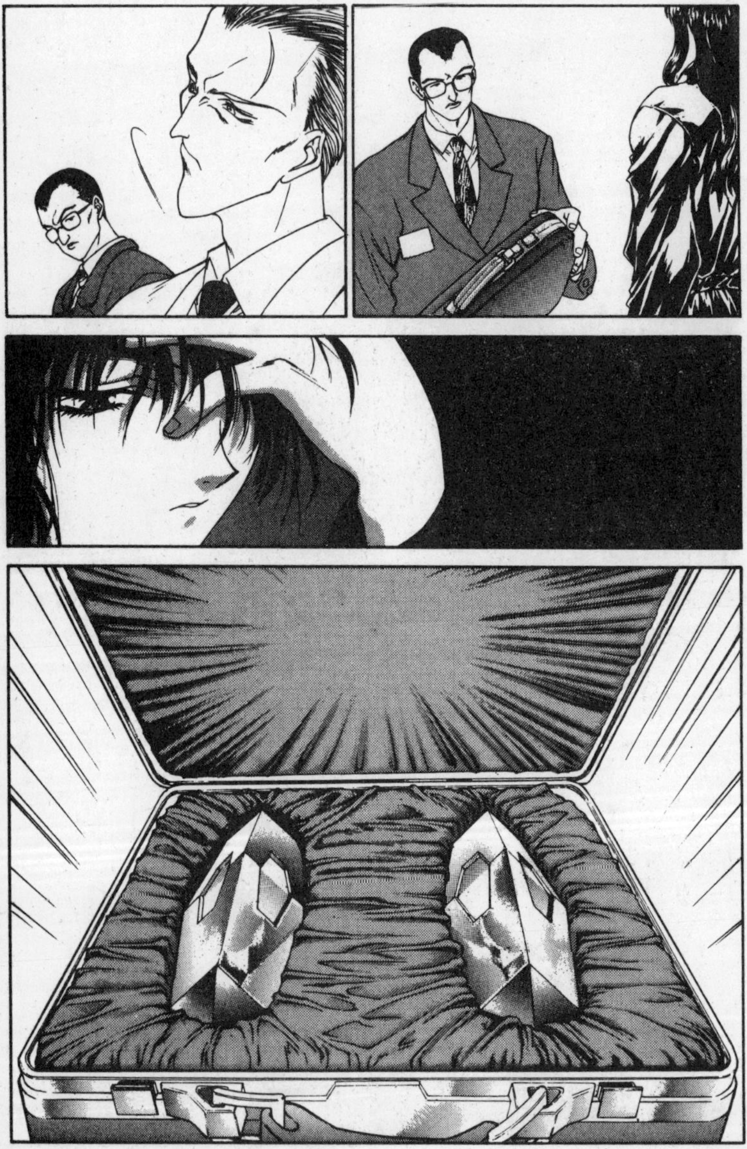

19. Akt

NUN, WAS SAGEN SIE DAZU?

HERR LYX, SAGEN SIE MIR, WAS DAS IST!
TSUT
HMF
ER MACHT SICH LUSTIG ÜBER MICH !?!
WIE ?

WAS FÜR EIN SPIEL TREIBEN SIE?
ICH HABE MEINEN ARM VERLOREN, UND ZWEI MEINER MÄNNER SIND GESTORBEN, UM IHNEN DAS HIER ZU BESORGEN!!
ABER ...?
HWIT
KRU

VORS ...
!?
PLASH
KSSS!
Hurgh
FLUPP

Huarg Har Har Harr
HERR LYX?
NICHT WAHR?
NA, SO WAS! DER KRISTALL IST GE-SCHMOLZEN! ES IST HEISS IN DIESEM ZIMMER.
Harg
FLUPP
KIIIN
FLUPP
OH... EIN SENDER?
UHH!!
URG!!

IST DAS DER PREIS, DEN SIE MIR VERSPROCHEN HABEN ?
VER-STEHEN SIE JETZT ?
HRR
HRR
Krrh
Krrh
URG !!
ALSO KANN ICH IHNEN NICHT WIRKLICH VORWÜRFE MACHEN, ABER ...
NUN, ANSCHEINEND HABEN ALLE DORT NUR DAS FEUER GESEHEN.
ES IST SEHR GROSSZÜGIG, FÜR SO ETWAS SEINEN ARM HERZUGEBEN!
SCRUIK

ICH BIN VON DER KOMPETENZ DER DIESKARTS-SICHERHEITS-KRÄFTE ETWAS ENTTÄUSCHT.
HAR
GN
WIR MUSSTEN OPFER BRINGEN.
ABER WAS HÄTTEN WIR GEGEN ATTIM M-ZAK TUN SOLLEN. SIE GEHÖRT ZU DEN BESTEN.
HÖREN SIE, DAS MIT DEM SENDER WAR UNSER FEHLER, OKAY?

UND AUSSERDEM GAB ES EINEN STROMAUS-FALL ...
UND DIE DEATH-SEEKER HABEN ...
WIE?
SIE MEINEN DEN SCHAR-LACH-ROTEN SCHUTZ-ENGEL.
WOHER KENNEN SIE DIESEN NAMEN?
AUS DEM BERICHT EINES ANDEREN TEAMS.

SIE WISSEN GENAUSO GUT WIE ICH, DASS ES UNMÖGLICH IST, VOM MOND ZU FLIEHEN ...
DA ICH WEISS, DASS SIE DAZU TENDIEREN, OHNE NACHZUDENKEN ZU HANDELN, HABE ICH EIN ÜBER-WACHUNGSTEAM AUF DAS TERRAIN GESCHICKT.
UND ICH RISKIERE GROSSEN ÄRGER, WENN SIE SICH AN ZIVILISTEN VERGREIFEN, DIE SICH IN BEGLEITUNG DER UNTERSUCHUNGS-KOMMISSARIN BEFINDEN.
DIE DIESKARTS-GESELLSCHAFT HAT GENÜGEND MACHT, UM SOLCHE DINGE ZU VER-TUSCHEN !!
ES GEHT DOCH NUR UM EINEN ODER ZWEI ZIVI-LISTEN !!
EIN ANDERES TEAM ?!

ICH HABE SIE NIEMALS DARUM GEBETEN, DIE KOMMISSARIN ZU ELI-MINIEREN!
SIE SIND NICHTS ALS EIN GEHIRNLOSER KLOTZ, DER UNFÄHIG IST, EINE EINZELNE FRAU AUS-ZUSCHALTEN.
GRU
UPS
PLINK
DIE DIMENSIONEN DES GANZEN SIND MITTLER-WEILE ZU GEWICHTIG!
SIE WERDEN SICH MIT DER ROLLE DER KLEINEN DIEBE ZUFRIEDEN GEBEN MÜSSEN!
GRUCK

OOH
PSHIN
WARUM HABEN SIE EINEN SOLCHEN HASS AUF MICH?
SKRIN

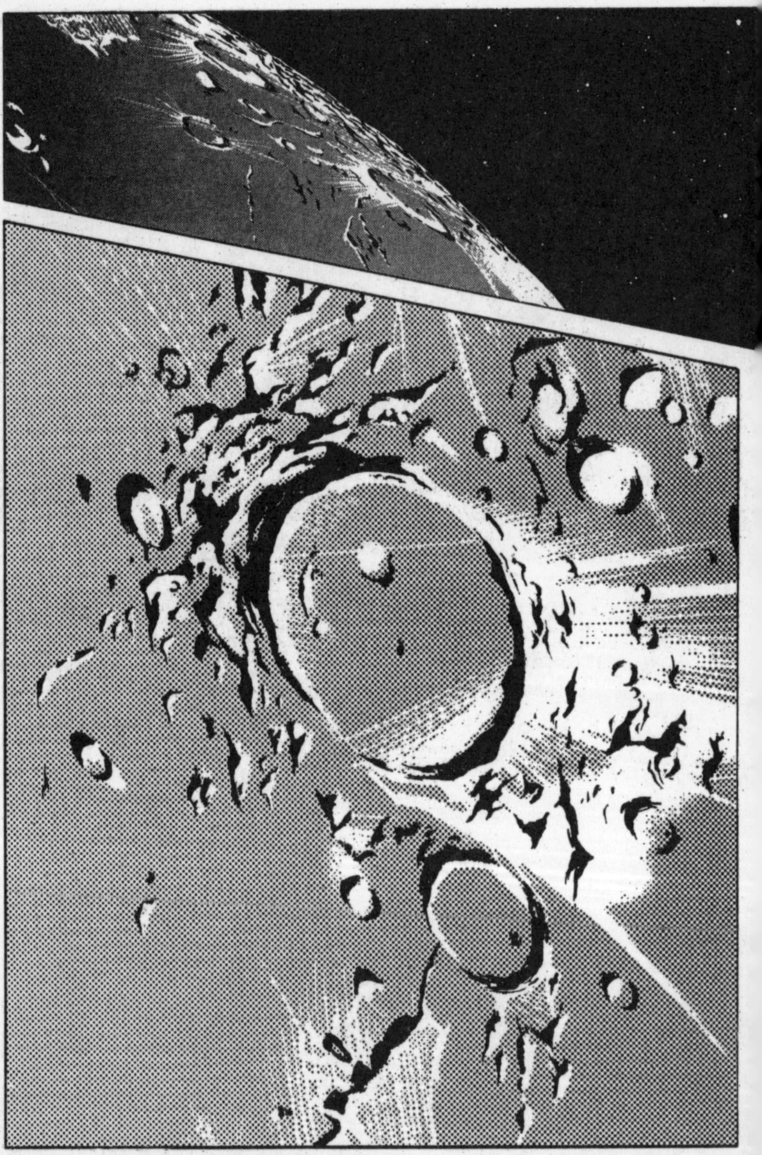

POW

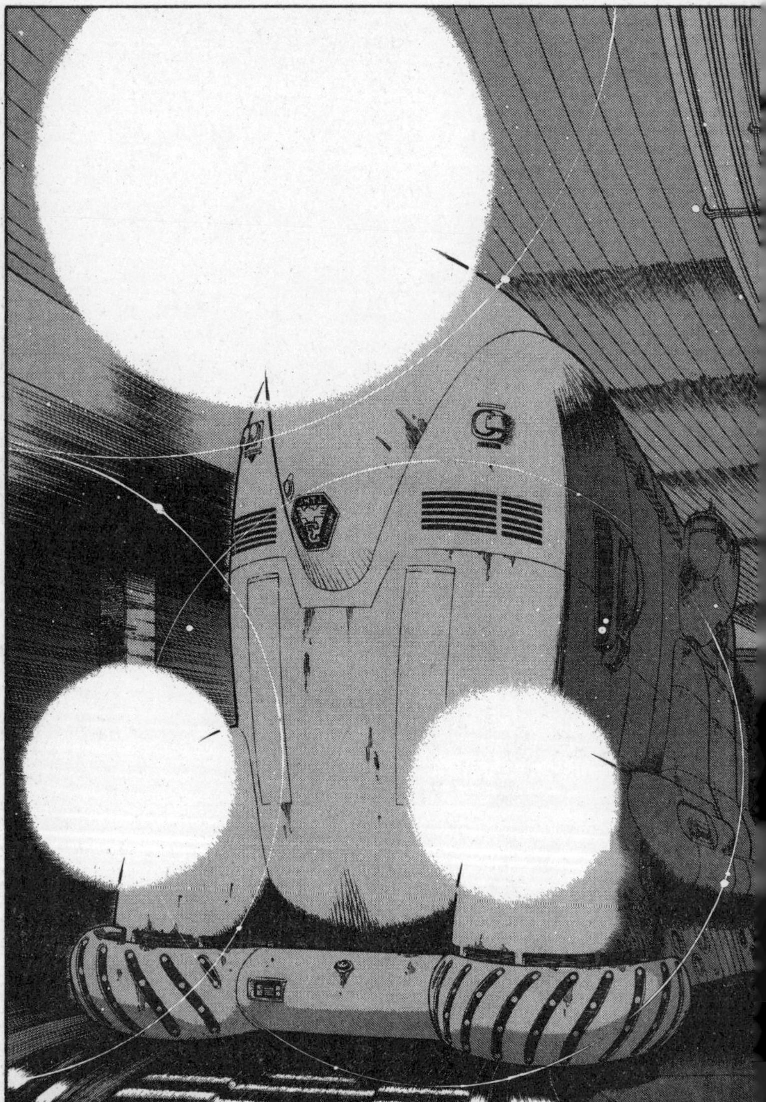

WIR HABEN DAS SIGNAL VERLOREN!
DIESES MAL GIBT ES KEINE HIRN-LOSEN ENTSCHUL-DIGUNGEN.
WIR HABEN DIE BESTÄTIGUNG ERHALTEN! DAS SIGNAL STAMMT VOM ZENTRUM FÜR HUMAN-FORSCHUNG ...
PAH! IDIOTEN! SIE HABEN SICH ZU SPÄT AUS DEM STAUB GEMACHT!
WIR WERDEN BALD DA SEIN!
BLA BLA
OKAY! MACHT EUCH BEREIT!

ICH HOFFE, DASS IHR DEN PLAN DES LABORS IM KOPF HABT! UNSERE AUFGABE IST ES, DEN INTERIMSDIREKTOR, APEP HEIDEMANN, FESTZUNEHMEN UND SEINE GESAMTEN FORSCHUNGSARBEITEN ZU KONFISZIEREN!
IHR KÖNNT DIE MACHT EINSETZEN, WENN ES NÖTIG IST!
UND FÜHRT MIR DIESE MISSION OHNE VERZÖGERUNGEN DURCH!

HMPF.
SKU
IIP

TCHIK TCHIK
PSHUI
BLA BLA
Waou!

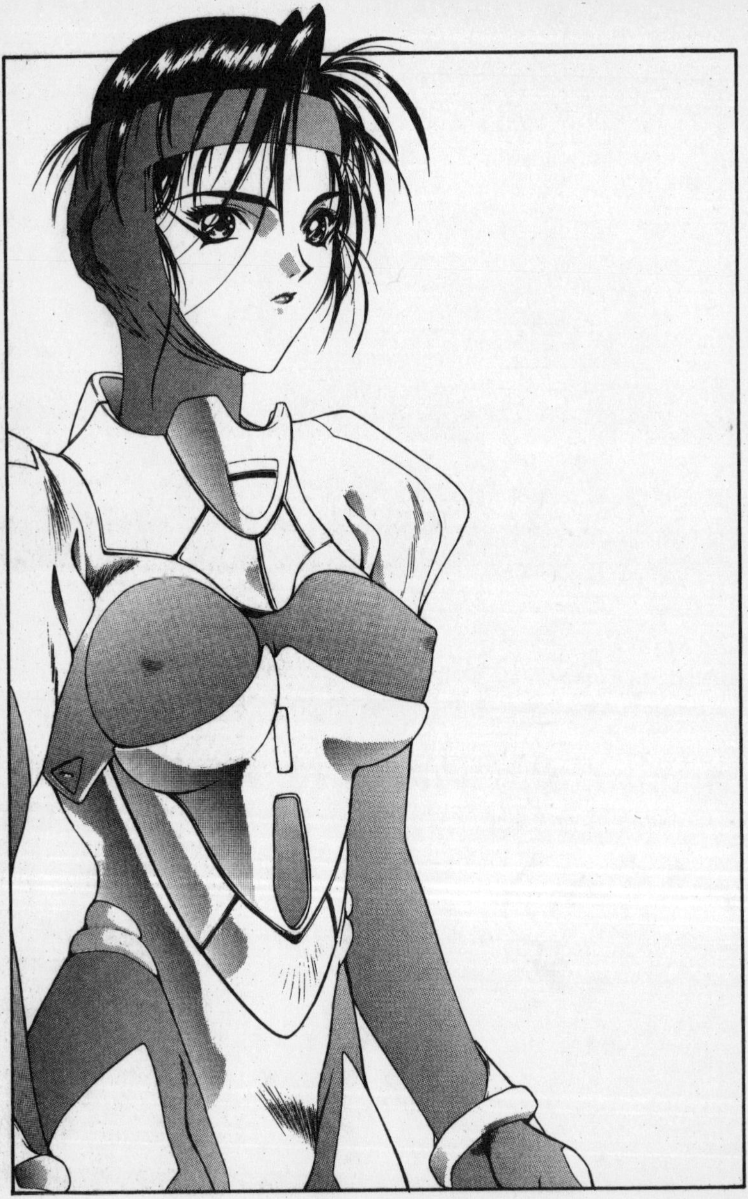

BOAH!
SIND DAS DINGER!
KANN ICH DIR HELFEN?
HAST DU DICH VERIRRT, KLEINE?
WOW! WER IST DAS?
STUNK
Skuik
Skuik
Slang
Slang
DU BIST NICHT ZUFÄLLIG ATTIM M-ZAK, DER SCHARLACH-ROTE SCHUTZ-ENGEL?
UND LOS!
SPAM

20. Akt

HUNNNNN

KLAR! ICH BIN MIR GANZ SICHER!!
PASH
WIR WERDEN DOCH EINE HAUSDURCH-SUCHUNG IN EINEM ZIVILLABOR DURCHFÜHREN, ODER?
WEISST DU, WAS GENAU UNSERE MISSION DIESES MAL IST?
SHLAP
HM, SAG MAL ...

ALSO ...
WARUM HAT MAN EIN BATAILLON UND EIN PAAR ERMITTLER, VERSTECKT IN EINEM GÜTERZUG, LOSGESCHICKT ?
SFIT
WARUM WURDE JEGLICHE KOMMUNI-KATION UNTER-BROCHEN-?
UND WARUM WURDE DER SCHARLACH-ROTE SCHUTZENGEL IN DIE SACHE HINEINGE-ZOGEN ?

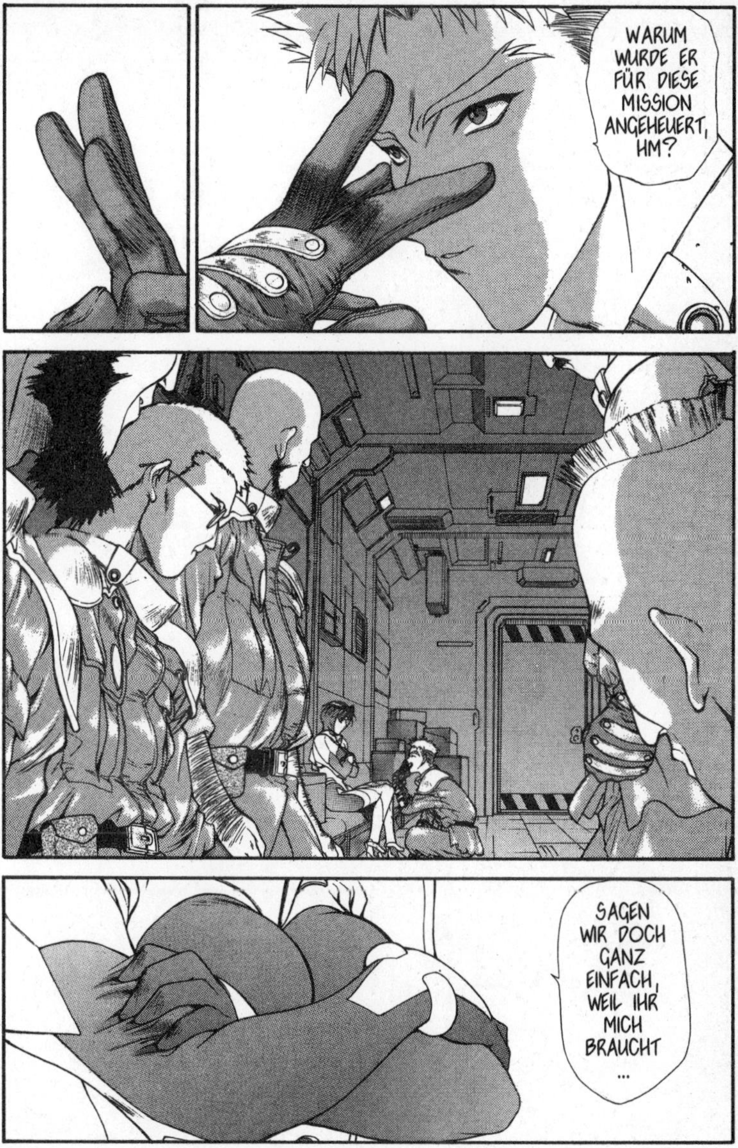
WARUM WURDE ER FÜR DIESE MISSION ANGEHEUERT, HM?
SAGEN WIR DOCH GANZ EINFACH, WEIL IHR MICH BRAUCHT ...

BIP
SCHADE, DU MACHST DICH SELBST HÄSSLICH!
DU BIST WIE EIN EIS-KLOTZ !!
WARUM MACHST DU DANN SO EIN GESICHT ?
WENN DU WEITERHIN SO EIN GESICHT MACHST ...
...WERDEN DIE MÄNNER DIR NICHT GERADE NACHLAUFEN !!
NA JA ...

ES GIBT DOCH JEMANDEN, DEN DU LIEBST, ODER?
!
LIEST ER MEINE GEDANKEN ?!

DU BIST WIE EIN KLEINER JUNGE ...
WIE ?
DU ÄNDERST STÄNDIG DEINEN GESICHTS-AUSDRUCK.
UND DU SCHNEIDEST SOLCHE GRIMASSEN, DASS ES MIR NICHT GELINGT, IN DEINEM GEIST ZU LESEN.
BEI DIR KANN ICH DIESE TECHNIK NICHT AN-WENDEN.
ACH JA... UND DU VERSUCHST, DEINE GEFÜHLE NICHT ZU ZEIGEN, INDEM DU DIESES POKERFACE AUFSETZT!
SLAT
SLAT
ICH WEISS HALT NICHT, WIE DAS GEHT.

DUMMERWEISE KANN MAN DIR DEINE GEFÜHLE SEHR GUT VOM GESICHT ABLESEN. ABER DAS MACHT DEINEN CHARME AUS.
HE!
DAS IST ZWAR NICHT ALLES, ABER MAN HAT NUN MAL NUR EIN LEBEN ...
VERSUCHEN WIR, UNSERE MISSION ZU ERLEDIGEN UND DABEI AM LEBEN ZU BLEIBEN!
AUTSCH !!!
PUMM

HÄH ?
GLUP
SCHAU AN, DAS GREEN-HORN!
WAS SOLL DIESER QUATSCH VON WEGEN AM LEBEN ZU BLEIBEN ?
AAH! MOMENT MAL ... LASST MICH !!
KOMM MAL MIT, WIR HABEN EIN PAAR WORTE ZU WECHSELN!!

BALD WERDE ICH VERWELKEN WIE DIE BLÜTEN, DIE ICH GESEHEN HABE.
BALD ...

BALD WERDE ICH VERWELKEN WIE DIESE BLÜTEN ...

GROSSER BRUUUDER!!
WIE DIESE KIRSCHBLÜTEN.

SAG, SAG ...
...WAS SIND DAS FÜR BLÜTEN?
WIE?
WEISST DU DAS NICHT?
PASS BLOSS AUF!
HIHI!

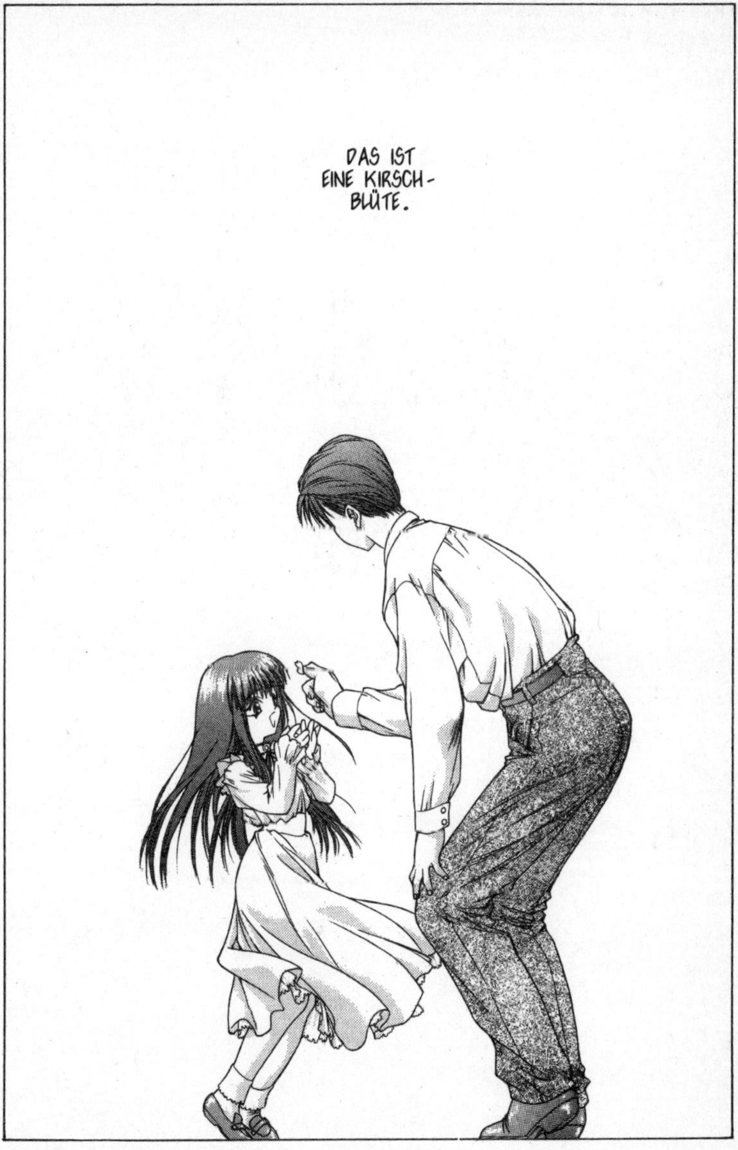
DAS IST EINE KIRSCH-BLÜTE.

SEIN NETTES LÄCHELN
...

SIE FLÜCHTET DORT ENTLANG !!

ALARMIERT DIE ANDEREN SEKTOREN! WIR BRAUCHEN VERSTÄRKUNG!
WENN SIE ENTKOMMT, HABEN WIR EINE MENGE ÄRGER AM HALS! BLOCKIERT DAS TOR!!
PSHIN
SLIPS
SHATAM
SHIT!!

HAH HAH
HAH
WACHE, ÖFFNEN SIE UNVERZÜGLICH TOR B-2! LOS!
SCHLIESSLICH WAREN WIR ES, DIE SUBJEKT „A" IN DIESER ART UND WEISE ERZOGEN HABEN!!
SCHLUSS MIT DEM GEJAMMER!
...SIE NÄHERT SICH DER SERVICE-SCHLEUSE!
SIE KENNT ZWAR NUR ZONE D, ABER ...

...DASS WIR ES GUT GEMACHT HABEN.
UND EIGENTLICH DENKE ICH ...
WAS HAT EIN KIND IN DIESEM SEKTOR ZU SUCHEN ?
HM ?
HE!
ICH HASSE DICH!

ICH HASSE SIE ALLE!
KYA!
SPUM
DA! DA IST SIE!!

SPAFF
NEIN !!
SPATAM
PSH
PING
UIT
!
RAUS ?!

BUMM
KYAAA!
PAM
SHLAP
DU DA, ALLES IN ORDNUNG?
AUA.
ICH WERDE NIEMALS SEINEN BLICK VERGESSEN.

ER SORGTE SICH UM MICH... UND ER SAH MICH AN WIE EIN NORMALES MENSCHLICHES WESEN... DAS WAR DAS ERSTE MAL...
BIST DU VERLETZT ?

...DASS JEMAND MICH SO ANGESCHAUT HAT...

21. Akt

BIS HEUTE …
…HAT MICH NOCH NIEMAND ALS MENSCHLICHES WESEN ANGESEHEN.
ALLES OKAY ?
BIST DU VERLETZT ?
DEINE NASE IST GANZ ROT. ENT-SCHUL-DIGE.
ABER DU SOLLTEST NICHT SO HEFTIG IN ANDERE LEUTE HINEIN-LAUFEN.

HA ... HAA ...
UH ... UHN ...
JUNGER MANN! HALTEN SIE DIESES MÄDCHEN FEST!!
WIE ?

DU MACHST UNS NICHTS ALS ÄRGER!
TAK
TAK
TAK

TODO
TODOM
TODOM

DU WIRST JETZT IN DEIN ZIMMER ZURÜCK-KEHREN.
SUT
HICK
NA, KOMM, SEI BRAV, KLEINE.

UARGH!
SHLAP
NEIIIN
!!!!!
HE!
LANG-
SAM!
NEIN!

NEIN!
LOS! KOMM SCHON HER!!
GULP
DAS FÄNGT JA GUT AN!
MAL LANG-SAM, KLEINER ...
BRU-TALER KERL!!
WAS SOLL DENN DAS?! SIE IST DOCH NUR EIN KIND!!
STAFF

WIR WERDEN BEO-BACHTET.
HÖREN SIE AUF!
WAS MISCHST DU DICH IN UNSERE ANGELEGEN-HEITEN EIN?!

ES TUT MIR LEID, JUNGER MANN. KÖNNTEST DU MIT UNS KOMMEN?
WIE?
ICH? WARUM?
Grip

FBL
FBL
FWASH

GUT. SEHR GUT.

ENT-
SCHULDIGE
DIE UM-
STÄNDE.
IST
SCHON
GUT
...

BIST DU ALS SPENDER ZUM LABOR GEKOMMEN ?
DU TRÄGST EIN SCHILD VOM LABOR FÜR PHYSIOLOGISCHE WISSENSCHAFTEN ...
ICH DENKE, DASS ER EIN SCHÜLER DER SEKTION IST, DA ER BESONDERE KRÄFTE BESITZT, CHEF.
EIN E.S.P., NICHT WAHR ?
ÄH... NEIN. ICH BIN ...

* PK = PSYCHOKINESE.

Fwup
ICH VERSTEHE... DARF ICH DICH SUNAO NENNEN?

DIESES KIND HAT EBENFALLS KEINE FAMILIE MEHR.
DESHALB IST SIE AUCH SO ÜBER-EMP-FINDLICH.
ES GELINGT IHR NICHT, SICH AN UNS ZU GEWÖHNEN.
UND AB UND ZU HAT SIE SOLCHE KRISEN WIE GERADE EBEN.
Frot
Frot
SIE IST NICHT ZUFÄLLIG HIER. SIE IST ANDERS ALS DIE ANDEREN... SO WIE DU, VERSTEHST DU?
UND DESHALB MAG SIE UNS NICHT.
NUN, ES IST AUCH NICHT BESONDERS ANGENEHM, TESTS ÜBER SICH ERGEHEN LASSEN ZU MÜSSEN UND EIN FOR-SCHUNGSOBJEKT ZU SEIN.

WIR SUCHEN NUN JEMANDEN, DER SICH UM IHRE SOZIALE ERZIEHUNG KÜMMERN KÖNNTE ...
DES-HALB SIND WIR HIER!
PAF
DU KÖNNTEST SOGAR SO ETWAS WIE IHR GROSSER BRUDER WERDEN.
DU KÖNNTEST DICH DOCH UM SIE KÜMMERN, SOLANGE DU IM LABOR BIST...
UND ICH HABE DEN EINDRUCK, DASS DIE KLEINE DICH MAG.
WAS ? REDEN SIE VON MIR ?

ICH WERDE MIT DEN VERANTWORTLICHEN DEINES SEKTORS SPRECHEN. KÖNNTEST DU DICH UM SIE KÜMMERN? SIE BRAUCHT DICH WIRKLICH.
DAS IST DAS ERSTE MAL, DASS SIE SICH FREIWILLIG JEMANDEM IN DIE ARME WIRFT.
ABER ICH ...
HIK
GRIP

ABER DIESEN BLICK, DER MICH ALS MENSCHLICHES WESEN ANERKANNTE, WOLLTE ICH NICHT VERLIEREN ...
DAS IST DAS ERSTE MAL, DASS SIE SICH FREIWILLIG JEMANDEM IN DIE ARME WIRFT.
ZUM ERSTEN MAL WOLLTE ICH NICHT DAVONLAUFEN.

UND DANN HATTE ICH DIESEN BLICK SCHON EINMAL GESEHEN ...
SEINE ARME, AN DIE ICH MICH KLAMMERTE ...
WAS WOHL AUS IHM GEWORDEN WAR?
DER DES HUNDES, DEN ICH AUFGELESEN HATTE UND DEN ICH NICHT BEHALTEN KONNTE.

SA-GEN SIE ...
DIESES MÄDCHEN ...
WIE HEISST ES ?
IHR NAME? SIE HEISST A... ÄH ...
ODER... JA ...
(A-L-I-C-E), ALICE.
GENAU, ALICE!

AHA, DU HEISST ALSO ALICE.
ICH BIN SUNAO.
FREUT MICH, DICH KENNEN ZU LERNEN, KLEINE ALICE.
ALICE... DAS WAR MEIN NAME ...
-ALICE-
DAS WAR DAS SCHÖNSTE GESCHENK, DAS MAN MIR MACHEN KONNTE.

ICH WAR GLÜCKLICH.
ENDLICH SPRACH MICH JEMAND MIT DIESEM NAMEN AN.
IN DIESEM AUGENBLICK ...
...WAR ICH ALICE GEWORDEN.
ABER JETZT ...
...BIN ICH NICHT MEHR ALICE ...
ICH BIN NICHT MEHR ALICE!

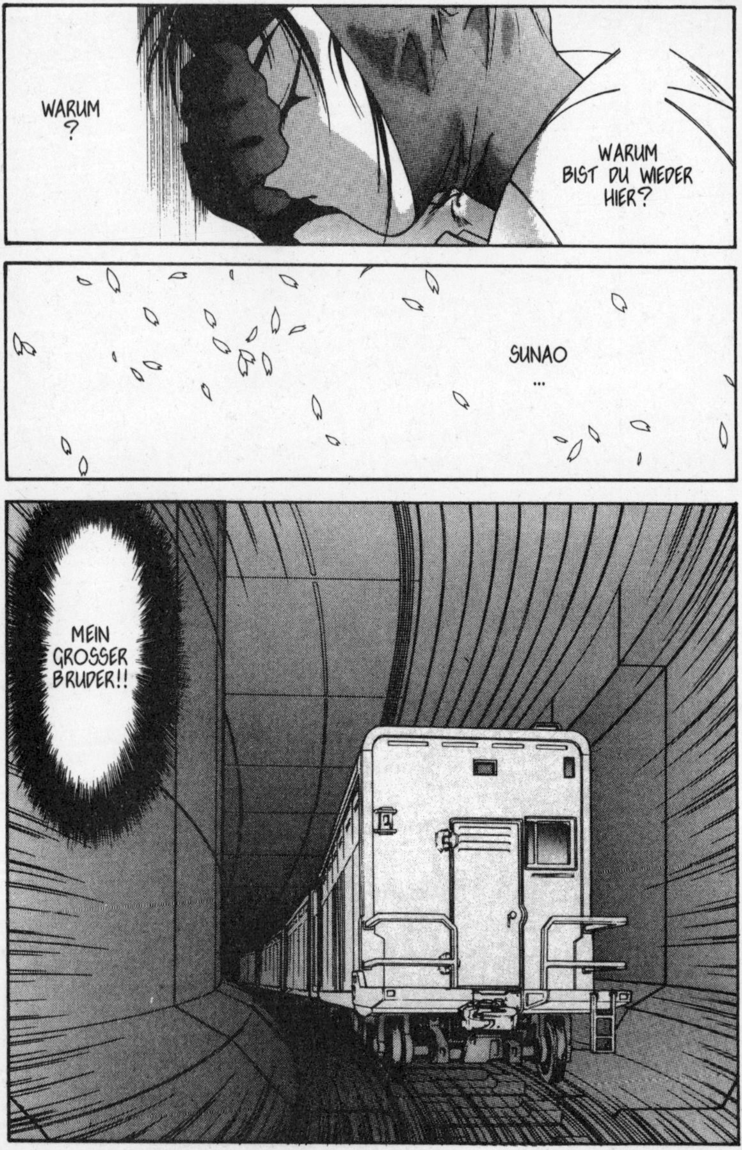
WARUM BIST DU WIEDER HIER?
WARUM?
SUNAO …
MEIN GROSSER BRUDER!!

22. Akt

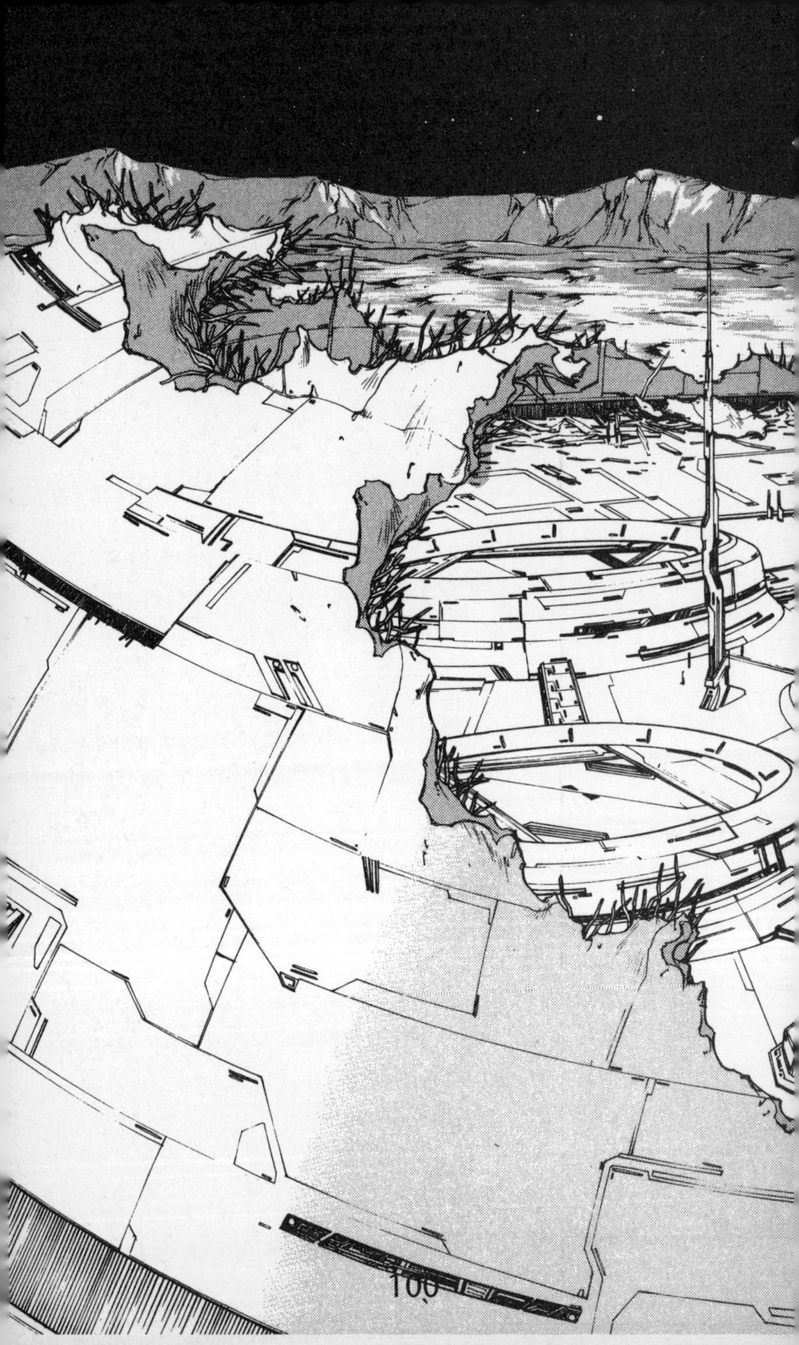

SKLANG

GLOK
DZUJUN
PLAK
PLAK

WAS GEDENKEN SIE NUN ZU TUN ?
Pffff

*B-11= 11. STOCKWERK UNTER DER ERDE

JETZT ZEIG DEIN KÖNNEN!!
KANNST DU EIN BRAND-GESCHOSS AUF-HALTEN?
NOCH HABEN WIR NICHT ALLES VER-SUCHT, ODER?
UND WEITER ...?
WAS SAGST DU DAZU?!

YIIHAA!
TCHU
WHOM
WOOOOOOO

KZI

Blubs
WA... RUM ?
SAGEN... SIE ...
ABER ...
AH... WAS ?
Plotz
FLAT
Platsch
Platsch

SBRAM
SCHLECHTES TIMING UND ZU LANGSAM. EINE PISTOLENKUGEL IST VIEL SCHNELLER.
ALLERDINGS ...
...VERDIENT DIE ZERSTÖRUNGSKRAFT EINEN PLUSPUNKT.

...
HA!
WIE ICH SEHE, BIST DU AUF DIESEM GEBIET VIEL STÄRKER ALS ICH.
DANKE FÜR DIE BLUMEN ...
ABER DER HUND, DER SEINEN HERRN BEISST ...
...MUSS IMMER BESTRAFT WERDEN.
WAS ...
FAH

HUARK
BUMM
SLAM
SPAM

GURK
URK
URK
WIE SCHADE, HERR LYX.
ICH HÄTTE SIE FÜR INTELLIGENTER GEHALTEN ...
Tak
Tak

IST IHNEN DENN NIE DER GEDANKE GEKOMMEN, DASS MAN MIT EINEM OBJEKT WIE DEM EMBLEM-SEED NICHT EINFACH SO DURCH DIE GEGEND SPAZIERT?
!?
ICH WOLLTE DOCH NUR, DASS SIE DIE KOMMISSARIN UND DAS MÄDCHEN, DAS SIE BEGLEITETE, TRENNEN. EIGENTLICH EINE EINFACHE SACHE ...
ICH HABE... ALS... KÖDER... GEDIENT...
BULL... SHIT... ICH...

ES TUT MIR LEID, DASS SIE ES SO SEHEN.
DA SIE ABER TROTZ ALLEM IHRE MISSION ERFÜLLT HABEN, MÖCHTE ICH IHNEN DANKEN.
Fwup
ICH GLAUBE MICH ZU ERINNERN, DASS SIE DAS HIER MÖGEN.
NEHMEN SIE ES ALS ZEICHEN MEINER DANKBAR-KEIT.
Fwup

BWO
HUAAAAA
SHASCH
VERDAMMTES ... MONSTRUM !!
DASH
STAP
Kyui

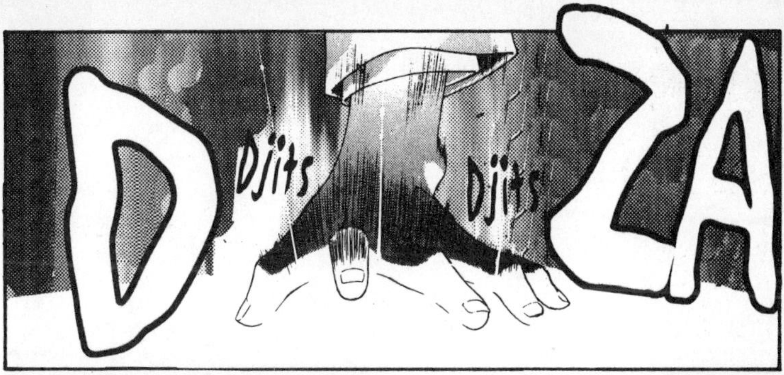
DZA
Djits
Djits

FWUM

Hyaaar
Bluts
FLURP
FLURP

CRACRABUMM

SPATAFF
HUH ?
BONK
Krack
SCHAU AN!

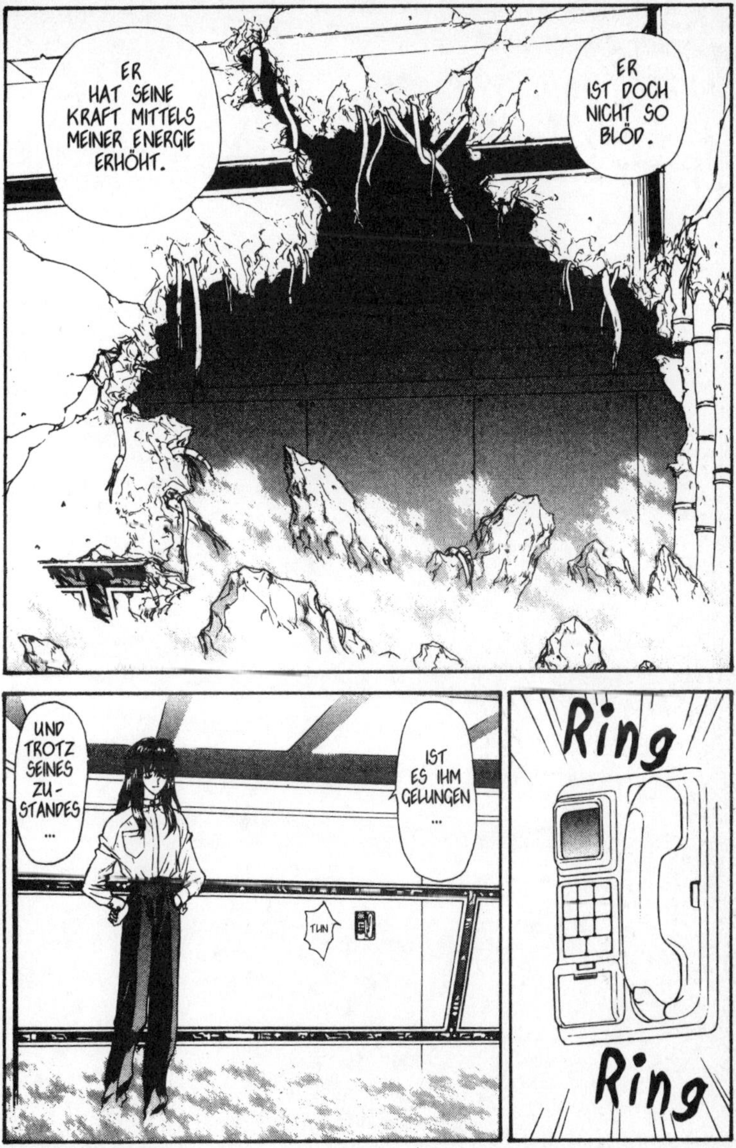
ER IST DOCH NICHT SO BLÖD.
ER HAT SEINE KRAFT MITTELS MEINER ENERGIE ERHÖHT.
Ring
Ring
IST ES IHM GELUNGEN ...
UND TROTZ SEINES ZU-STANDES ...
TUN

HAA! APEP!!
WAS GIBT ES DENN, FARN?
ICH MÖCHTE MIT DEM INTERIMS-DIREKTOR SPRECHEN!!
EIN TRUPPENKONTINGENT DER UNO IST AUF DEM WEG ZU UNS!!
EINE KATAS-TROPHE!!

23. Akt

FARN! BERUHIGE DICH!
FARN !!
APEP!!
WAS SOLLEN WIR TUN ?!

ICH MÖCHTE, DASS DU MIR ALLES GANZ GENAU ERZÄHLST.
ABER VORHER MUSST DU DICH BE-RUHIGEN.
JA... JA ...
HERR INTERIMS-DIREKTOR.
VOR ETWA EINER MINUTE IST DER TÄGLICHE GÜTERZUG PÜNKTLICH EINGE-TROFFEN.
IN SEINEN WAGGONS BEFANDEN SICH UNO-TRUPPEN, DIE DURCH DIE HANGARS KAMEN UND JETZT...

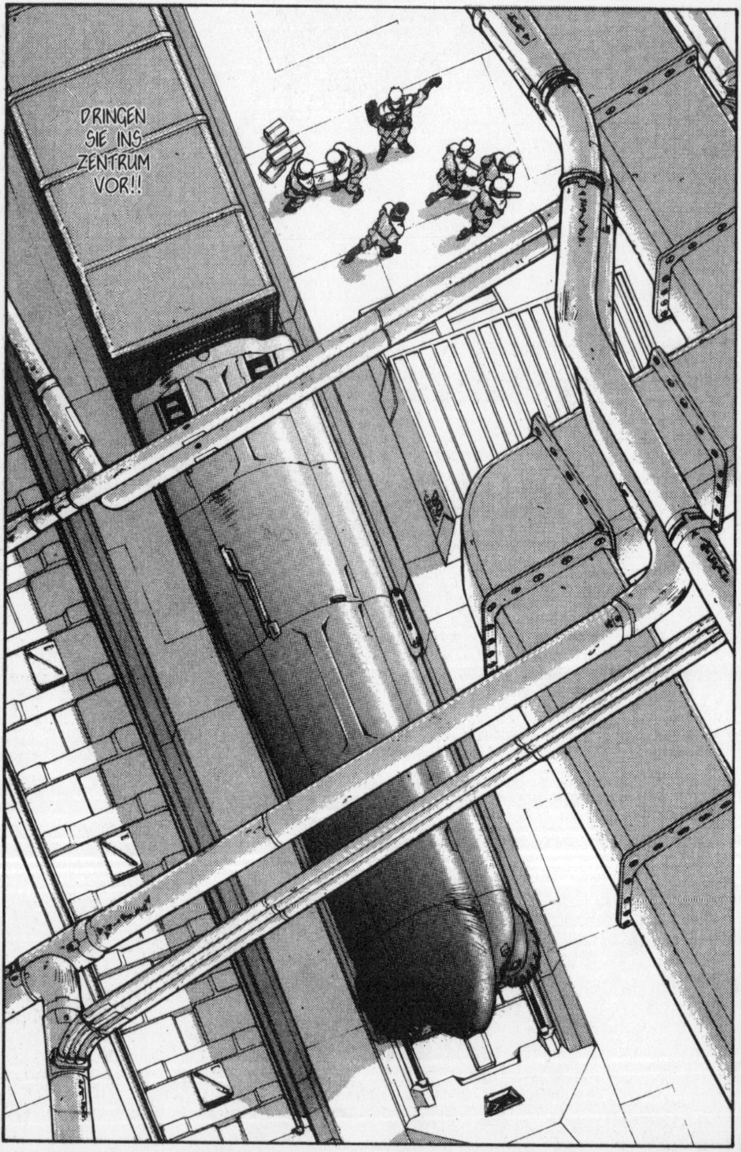
DRINGEN SIE INS ZENTRUM VOR!!

TROM
TROM
TROM

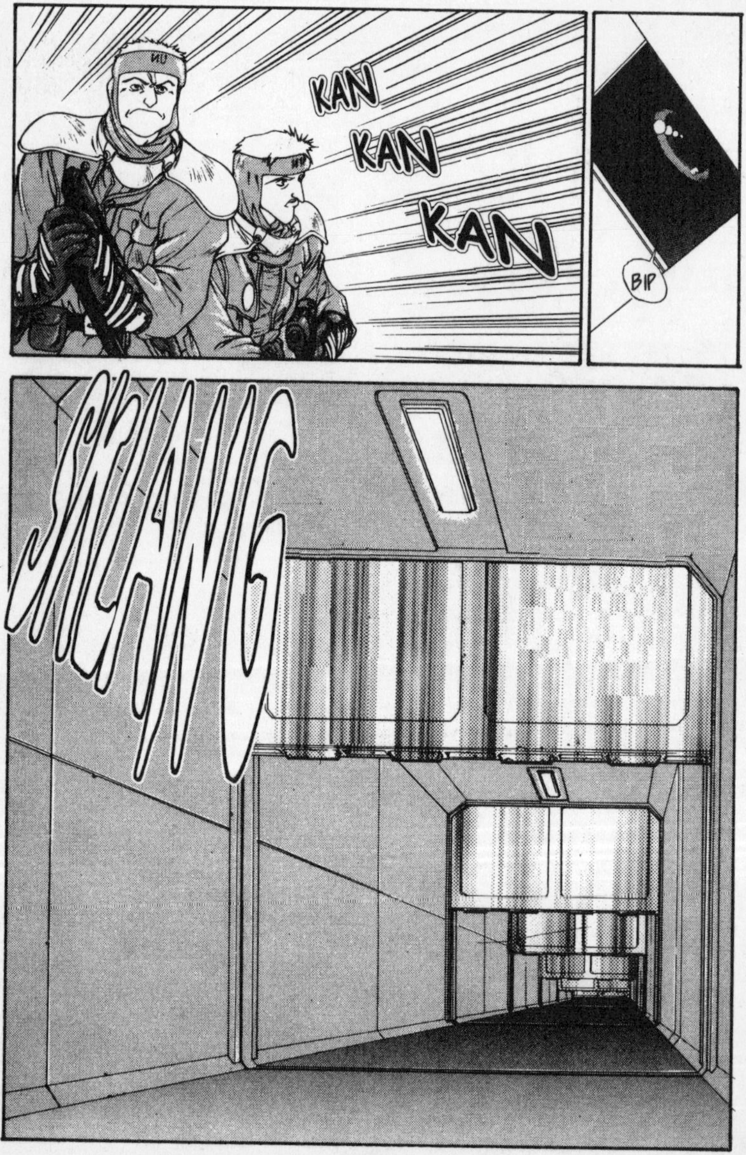
KAN
KAN
KAN
BIP
SCHLANG

BLUNG
BODONG
BANG
DIE SCHUTZPANZERUNG BEGINNT SICH ZU...
DAS SICHERHEITSSYSTEM WURDE AUSGELÖST.

AAH ?!
Klick
BAAM
SKRAF

DIE SIND DOCH VERRÜCKT! SIE HABEN DAS TOR GESPRENGT!!
NEIN! DAS DARF NICHT WAHR SEIN!!
KYAAAA!

GEH DOCH SELBST NACH-SEHEN!
WIDERLICH! ELENDER MACHO!
ICH HAB KEINE AHNUNG! GEH DOCH EINFACH NACHSEHEN !!
WAS HAT DAS ALLES ZU BE-DEUTEN ?!
NEIIIN! ICH WILL NICHT STERBEN! NEIIIIN!!
O GOTT! SIE WERDEN UNS ALLE TÖTEN!
ZUERST MÖCHTE ICH, DASS SICH ALLE WIEDER BERUHIGEN.
ICH GLAUBE, ICH WEISS, WAS IN ETWA VOR SICH GEHT.
OH... ÄH... JA, JA!
FARN!
FARN!

FARN, DU WIRST JETZT BITTE MEIN BILD AUF ALLE MONITORE IM ZENTRUM SCHALTEN.
OH? GUT!
Tack
Tack
Tack
HMM ...
DIE UNO LÄSST FRÜHER VON SICH HÖREN, ALS ICH GEDACHT HABE.

AN DAS GESAMTE PERSONAL!!
ICH BIN APEP HEIDEMANN ...
...DER INTERIMSDIREKTOR DES ZENTRUMS.

BLEIBEN SIE RUHIG, HÖREN SIE MIR GENAU ZU UND FOLGEN SIE MEINEN IN-STRUKTIONEN.
WAS SIE AUF DEN BILDSCHIRMEN SEHEN, IST EINE TRUPPE ...
...VON UNO-UNTER-SUCHUNGS-BEAMTEN.
DIESE LEUTE HABEN EINEN SCHLECHTEN RUF!!
BLA
BLAH

SIE SIND GERADE DABEI, MIT GEWALT UND VÖLLIG STRAFFREI IN DAS ZENTRUM EINZUDRINGEN. ALS DER ZUR ZEIT VERANT-WORTLICHE HABE ICH WEDER EINEN DURCHSUCHUNGSBEFEHL NOCH EINE ANFRAGE NACH INSPEKTION ERHALTEN.
ICH WEISS NICHT, WAS DAS ZIEL IHRER MISSION IST.
ABER BEI MIR BEFINDEN SICH HERR HAYWARD UND SEINE MÄNNER, DIE ZUR SICHERHEITSTRUPPE DER DIESKARTS-GESELLSCHAFT GEHÖREN.
ICH WERDE MICH PERSÖNLICH UM ABGESTIMMTE AKTIONEN MIT DER DIESKARTS-GESELLSCHAFT KÜMMERN.
BIS DAHIN BITTE ICH SIE, SICH UMGEHEND ZUM LANDESTEG ...
...DES TRANSPORT-SCHIFFES ZU BEGEBEN, UM DORT SCHUTZ ZU SUCHEN. ÜBERSTÜRZEN SIE NICHTS UND BLEIBEN SIE RUHIG.

Woah
KYAAA!
Woah
WEG DA!!
AUS DEM WEG!
STAP
STAP
STAP
MEHR KANN ICH ZUR ZEIT NICHT TUN. ICH MUSS NOCH EIN PAAR DOKUMENTE ZUSAMMENSUCHEN.
KÖNNTEST DU BITTE IN MEINEM BÜRO AUF MICH WARTEN?
WIE? JA.
ALSO, DANN BIS GLEICH.

Tz
Tzz

WENN DAS NICHT UNSER SCHARLACHROTER SCHUTZENGEL IST!
HOO!
HMM.
FÜR EINEN ENGEL IST IHR GESICHT GANZ SCHÖN HART.

NACH HINTEN! DIE WISSEN-SCHAFTLICHEN DOKUMENTE BEFINDEN SICH IM UNTERSTEN LEVEL DES ZENTRUMS!!
ABER DAVOR WERDEN WIR DIESEN TEIL IN-SPIZIEREN.
ES GIBT PRAKTISCH KEINERLEI VERTEIDIGUNG.
SELTSAM ...
KTUN
KTUN

DIESES FORSCHUNGSZENTRUM WIRD VON DER DIESKARTS-GESELLSCHAFT KONTROLLIERT. ES MÜSSTE WIE ALLE IHRE EINRICHTUNGEN GESICHERT SEIN.
DA STECKT ETWAS DAHINTER ...
GLAUBST DU, DASS DAS EINE FALLE IST ?
!
Strass

KU-CKUCK.
BEI ALL UNSEREN BLITZ-OPERA-TIONEN ...
...STOSSEN WIR IMMER AUF EINEN GEWISSEN WIDERSTAND, UND HIER FUNKTIONIEREN SOGAR DIE ELEKTRISCHEN SYSTEME ...
UND WARUM FOLGST DU MIR ?
WAS REDEST DU DA ?
DAS GLEICHT EINER EINLADUNG, GANZ NACH UNTEN ZU STEIGEN!

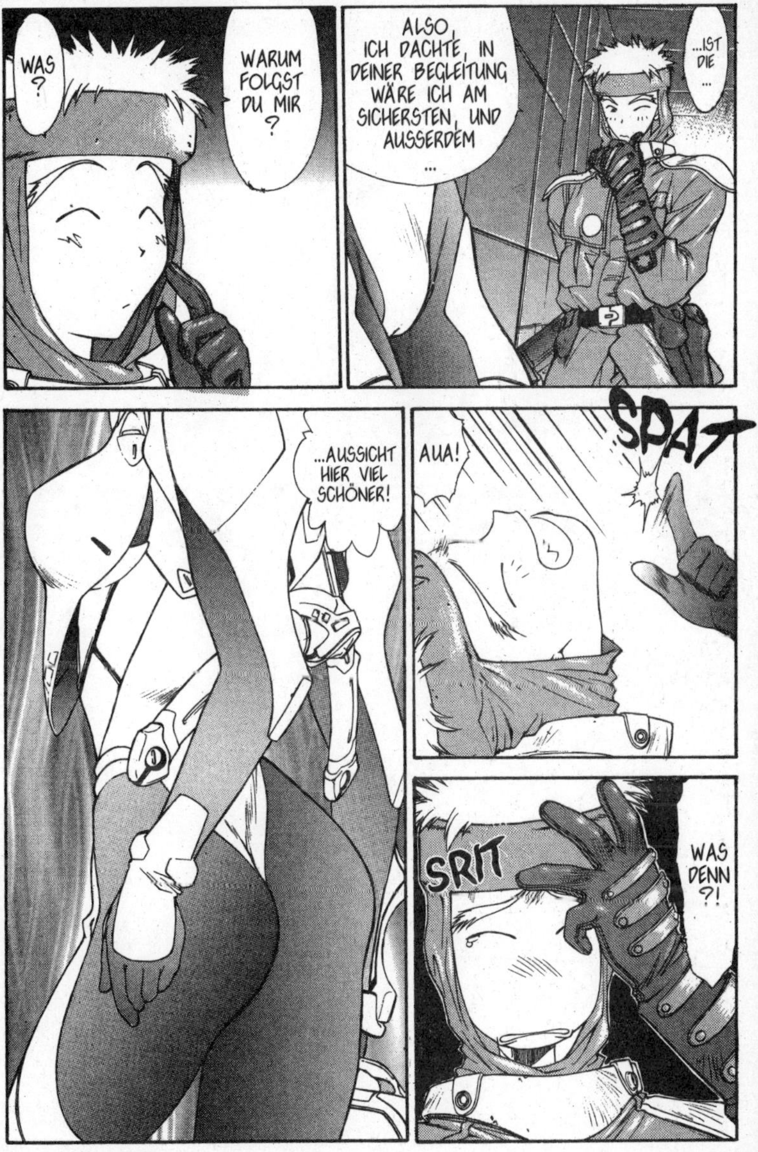
WAS ?
WARUM FOLGST DU MIR ?
ALSO, ICH DACHTE, IN DEINER BEGLEITUNG WÄRE ICH AM SICHERSTEN, UND AUSSERDEM ...
...IST DIE ...
...AUSSICHT HIER VIEL SCHÖNER!
SPAT
AUA!
SRIT
WAS DENN ?!

VOR UNS ...

DA IST ETWAS ...

DA IST ETWAS ...

WAS KÖNNTE DAS SEIN ?!

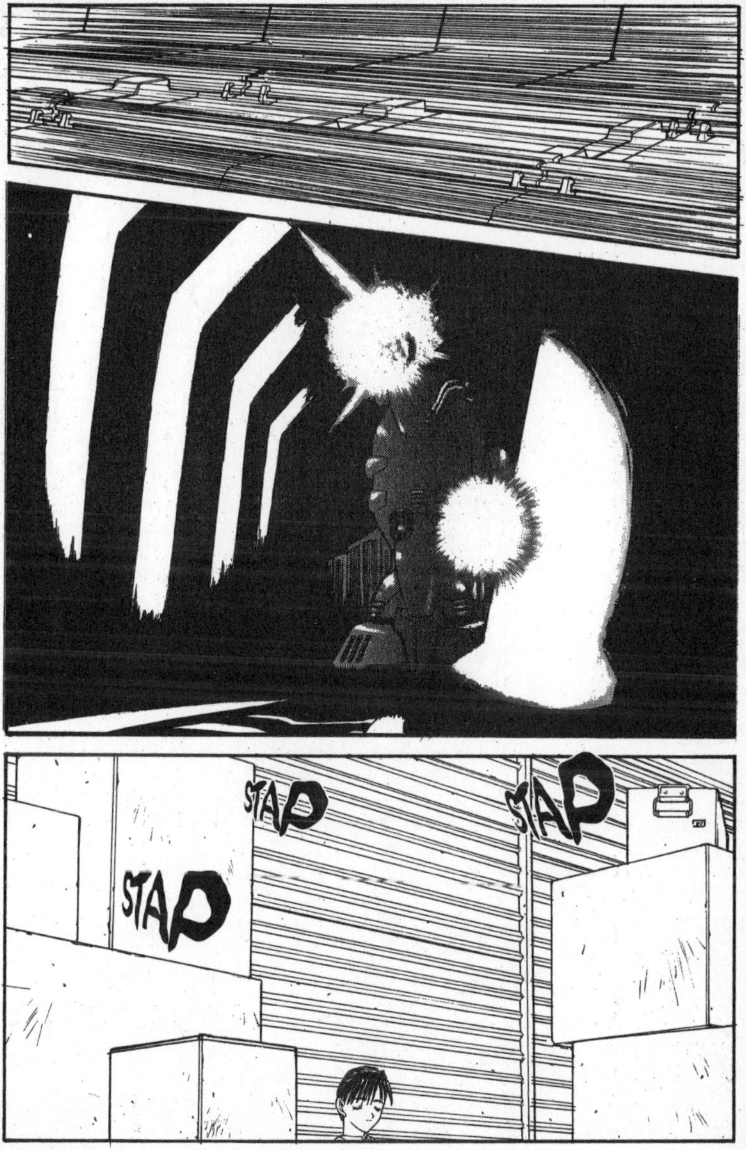
STAP
STAP
STAP

GLEICH WERDEN WIR IM ZENTRUM ANKOMMEN, ABER ...
ES IST BALD SO WEIT.
IN DIESER ART VON SITUATION MUSS MAN EINIGEN MUT BESITZEN.

24. Akt

HM ... SO WAS ABER ...
SO EIN MANGEL AN ERZIEHUNG! HABEN DIE DENN IN DER SCHULE NICHT GELERNT, DASS MAN AUF DEN FLUREN NICHT RENNEN DARF?
NR. 3!!
DJIT
NR. 2!!

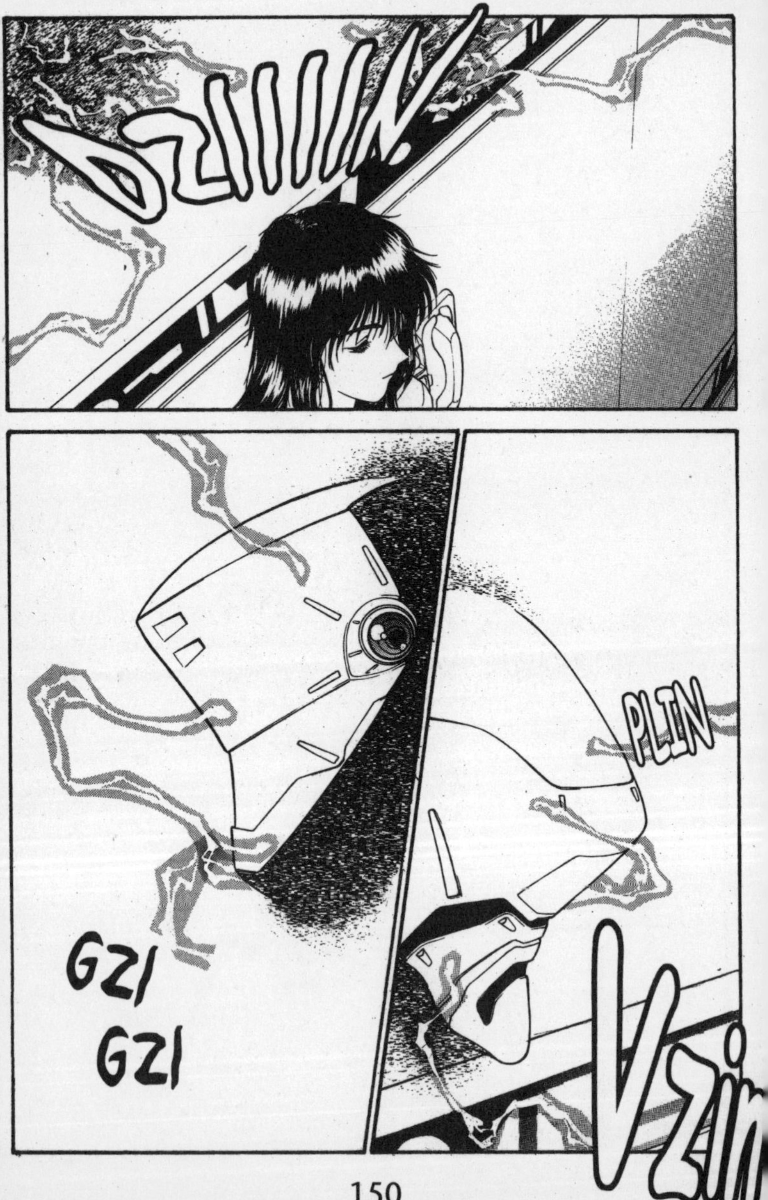
DZIIIIN
PLIN
GZI
GZI
VZIN

ICH MÖCHTE, DASS IHR DIESEN LEUTEN ETWAS ANSTAND BEIBRINGT.

VRAAAAM

DER LÄRM IST NICHT MEHR DERSELBE. WIR MÜSSEN UNS IM WASSERSCHOTT BEFINDEN.

WIE
...
Pfff

WIE SCHAFFT SIE ES NUR, UNTER DIESEN UMSTÄNDEN ZU SCHLAFEN?

WIR BEIDE IN DIESEM ISOLIERTEN WAGGON ...
ICH MUSS NUR EINE BEWEGUNG MACHEN, UM MEINEN ARM UM IHRE SCHULTERN ZU LEGEN!
MEIN HERZ SCHLÄGT WIE VERRÜCKT!!
ICH BIN ALLEIN MIT IHR ...

ICH BIN MIR SICHER, DASS SIE MICH NICHT ALS EINEN ECHTEN MANN ANSIEHT.
ABER ICH SEUFZE NUR.
PFF

IN IHREM KOPF BIN ICH BESTIMMT NOCH DER KLEINE JUNGE, DEN SIE GEKANNT HAT.
SCHLIESSLICH HABEN WIR UNS NICHT MEHR GESEHEN, SEIT SIE ZUM MOND ABGEREIST IST ...
WIRKLICH? KEI IST DOCH VIEL ÄLTER ALS ICH, ODER ?
ICH BIN NUR EIN KIND ...
ABER JA! IN DEM VIDEO-BRIEF, DEN SIE MIR VOR ZWEI JAHREN GESCHICKT HAT ...

ICH HATTE DEN EINDRUCK, DASS SIE MICH ALLEIN GELASSEN HATTE ...
...KAM SIE MIR VIEL ERWACHSENER VOR...
EINE ECHTE JUNGE FRAU!
JA, ES IST NICHT NUR IHR AUFTRETEN, SONDERN AUCH IHR KÖRPER.
UND JETZT? WARUM? WARUM?
ICH WAR SEHR TRAURIG.

ICH BIN MÜDE ...
IST MIR ALLES ZU KOMPLIZIERT. ICH VERSTEHE NICHTS MEHR.
KVRAAAM
...ABER MIT ALLEM, WAS PASSIERT IST, MUSS ICH JA BLOCKIERT SEIN.
SEIT ICH KEI AM RAUMHAFEN WIEDER GETROFFEN HABE, IST NICHT VIEL ZEIT VERGANGEN ...
...

ES IST NORMAL, DASS SIE MÜDE IST... SIE IST ERST VOR KURZEM ANGE-KOMMEN.
FLUIT
PFUN
HUCH
GLURPS! SAG DOCH WAS! DU BIST... NICHT DAAA!
HNNN!

HA-TSCHI!
DU RÜHRST DICH NICHT, OKAY?
Hick
ÄH... ALSO... ÄH ...
GAAA!!
SIND WIR DA?!
BWAFF
SHLAP

GERADE ...
NEIN, NOCH NICHT. MACH DIR KEINE SORGEN.
SIND WIR ENDLICH ANGE-KOMMEN ?
ICH... ICH DENKE, ICH SOLLTE MICH ENTSCHUL-DIGEN...
AH JA ...
GERADE HABEN WIR DAS WASSERSCHOTT PASSIERT. ES KANN JETZT NICHT MEHR LANGE DAUERN ...
...UND MIR EIN PAAR WÄRMERE KLAMOTTEN ...
ICH HÄTTE BESSER AUF DICH GEHÖRT, SUNAO ...

DIE GÜTERWAGGONS SIND EBEN UNGEHEIZT, ABER ALS SCHWARZFAHRER SOLLTEN WIR UNS NICHT BEKLAGEN.
UND DU, SUNAO?
JEDENFALLS SIND WIR BALD DA ...
...GEKAUFT.
ES IST SCHÖN, WENN EIN JUNGE SO GALANT ZU EINEM IST.
UND DU? DIR WIRD KALT WERDEN, SUNAO.
ABER ...
DU SOLLTEST DICH EIN WENIG AUFWÄRMEN.

HE?
DES-HALB ...
ABER ICH WILL NICHT, DASS DU DICH WEGEN MIR ER-KÄLTEST.
UND DU BIST AUCH IMMER SO SELBST-LOS.
SUT
HOP!
Flap
A-A-A-ABER? WAS MACHT SIE DA? WAS SOLL ICH JETZT TUN?!
SH
LAP

KLUP
KLUP
SO BEKOMMEN WIR BEIDE ETWAS WÄRME.
ENTSCHULDIGE, SUNAO, ABER KÖNNTEST DU DEN KOPF ZUR SEITE DREHEN?
ICH HABE MICH VERÄNDERT, ABER ICH KANN IMMER NOCH DEN SCHWEISS SPÜREN ...
ABER NEIN! ÜBERHAUPT NICHT!
TOM TOM TOM
TOM
OKAY... NA GUT.
TOM
RHAAH... ICH KANN NICHT MEHR! MEIN HERZ WIRD EXPLODIEREN.
ICH BIN MIR SICHER, DASS KEI ES HÖREN WIRD.
...SIE IST DA.
SIE IST DA, GEGEN MICH GELEHNT!!

SIE IST WIRKLICH LEBENDIG ...
OH!
KEI, DEIN HERZ POCHT!
OH!
ES IST WARM ...
ICH SPÜRE SIE ...
SAG SCHON!
WAS IST MIT DIR?
WIE?
HÄ?
WAS IST DENN MIT DIR, SUNAO? BIST DU KRANK?
HE?
WARUM WEINST DU?

ABER ICH HABE DICH SO LANGE NICHT MEHR GESEHEN ...
ES... ES IST NICHTS.
...HABE ICH DICH NICHT GLEICH ERKANNT.
ALS WIR UNS AM RAUMHAFEN GETROFFEN HABEN ...
ICH ... ES TUT MIR LEID.
!
Klang
SKRIIIIIIIII

25. Akt

AHA ...
SUNAO ?
ALLES OKAY ?
WIR HATTEN UNS SO LANGE NICHT MEHR GESEHEN ...
ABER ...
JA, GEHT SCHON.
AH... HA, HA, HA.
FUM
FUM

ICH HABE DICH AM RAUMHAFEN NICHT SOFORT ERKANNT.
ES TUT MIR LEID, SUNAO ...
KLAT

SHKR
WOAH!
BUNG

BADAMM
BAMM
KYAAA
AHR ...
PSSSHHH

KLONT
UHH ...
UNK ...
ER HAT JÄH ANGE-HALTEN!
WAS IST PASSIERT ...?

KLAT
ICH DENKE, DASS WIR UNS IM ZENTRUM DER KUPPEL BEFINDEN ...
...ABER NICHT AM BAHNHOF.
ICH FÜHLE ETWAS.
ETWAS WIE EIN GEWICHT, DAS AUF MIR LASTET.
ES TUT WEH.
ICH HABE EINE UNGUTE VORAHNUNG.
SUNAO, HILF MIR DOCH MAL!
OH, ENTSCHULDIGE.
IRGENDETWAS STIMMT NICHT, DAS SPÜRE ICH. WIR MÜSSEN WEG VON HIER.

URK
KYAA
PASS AUF, WO DU HIN-TRITTST.

STIMMEN... SIND ES VIELE STIMMEN?
STIM-MEN...
HORST DU DAS?

SIE KOMMEN VON DORT.
SEHEN WIR NACH ...

TAP
AH!
KEI, WARTE!
WARTE !!!
ICH HABE EINE BÖSE VOR-AHNUNG!
ICH DARF SIE NICHT DORTHIN LASSEN!
MIST!

GEBEN SIE MIR DIE AMPULLEN MIT DEN ROTEN ETIKETTEN.
!!
S1, ANTWORTEN SIE. MELDEN SIE SICH.
DAS 6. BATAILLON IST ZU SEKTOR C-4 UNTERWEGS.
ANTWORTEN!
!!
WIEDERHOLEN SIE!
WIE? ICH VERSTEHE SIE NICHT !!
ICH ÜBERNEHME DEN FORTGANG DER OPERATION.
VERSTANDEN, HQ. 3. BATAILLON, RÜCKEN SIE WEITER VOR, UM SICH DEM 12. ANZUSCHLIESSEN, UND...
...KÜMMERN SIE SICH UM ALLE VERLETZTEN.
DAS 2. BATAILLON MACHT WEITER ...
KEIN KONTAKT MEHR ZUM 7. BATAILLON.

FLOTT!
KRANKEN-TRÄGER! SANITÄTER! HIERHER!
DAS IST NUR EINE KLEINE WUNDE!!
REISS DICH ZU-SAMMEN!
DOKTOR!! WIR BEFINDEN UNS IN EINEM NEST VOLLER UNGEHEUER!
MIT ALL DEM PERSONAL UND ...
...UNSERER AUSRÜSTUNG ERGIBT DAS EIN HEILLOSES DURCHEIN-ANDER!

FTUTUM
FTUTUM
FTUTUM
FTUTUM
WOAAAAH!!
Klat
Klat
Klat
KTAK KTAK KTAK
KTAK KTAK KTAK
TSUN
KTIN

GZIN
GZIN
STOM
HERMANN!

VERDAMMT! WAS IST DENN DAS ?!
ICH HAB KEINE AHNUNG!!
TSUN
SCHUNN
HYAAAARR
KLOP

SBUM

TSIN
KZZZ
DOKTOR, TROTZ UNSERES AUFMARSCHES KÖNNEN WIR NICHTS AUSRICHTEN.
GEGEN EINE SOLCHE VERTEIDIGUNG SIND WIR MACHTLOS.
WIR MÜSSEN DEN TRUPPEN EINEN GENERALBEFEHL GEBEN, UM ORDNUNG ZU SCHAFFEN.
DOKTOR!!
DA IST EINE ANDERE WESENHEIT, DER UNSERE MÄNNER GEGENÜBERSTEHEN. ICH ÜBERTRAGE DAS BILD!

26. Akt

RRAH!
KAN
WENN DAS SO WEITERGEHT, RISKIEREN WIR, DASS UNS DER RÜCKZUG ABGE-SCHNITTEN WIRD!
DAS LEBEN MEINER MÄNNER STEHT AUF DEM SPIEL. ICH KANN KEINE WEITEREN VERLUSTE TOLERIEREN!!
...WIR SIND AM ENDE!
RGN ...
ICH BESITZE DIE AUTORITÄT, ALLEN TRUPPEN DEN RÜCKZUG ZU BEFEHLEN. BESTÄTIGEN SIE DAS ?!

HIER SPRICHT DER GENERALSTAB! AN ALLE BATAILLONE: SOFORTIGER RÜCKZUG! ICH WIEDERHOLE: SOFORTIGER RÜCKZUG!!
SEHR GUT! VÖLLIGER RÜCKZUG!
BEFEHL ZUM RÜCK-ZUG!
APEP!! ICH HÄTTE NICHT GEDACHT, DASS ES IHM GELINGEN WÜRDE, DIE SENTINEL SO GUT UNTER KON-TROLLE ZU BEKOMMEN!
ICH HATTE MEHR ODER WENIGER MIT SOLCH EINER WENDUNG GERECH-NET.
!?
WAS HAT MEIN GROSSER BRUDER GETAN?

Hah
Hah
Hah
Hah
KEI!! WAS MACHST DU HIER ?!
POM
OH!
IHR DA! WAS HABT IHR ...
Hah
Hah

VATER !!
ERKLÄR ES MIR, VATER !!
WAS GESCHIEHT HIER MIT MEINEM BRUDER ?!
UND WER SIND ALLE DIESE LEUTE ?
DAS GEHT DICH NICHTS AN ...
...UND DU MUSST SOFORT WEG VON HIER, KEI !!
DU KANNST HIER NICHT BLEIBEN !!
ABER ...

KEI!! SCHAU !!
DAS... DAS IST... KRIEG ?

SU-NAO?
... NEIN.
NICHT DAHIN!
DIE KAMERA NOCH MAL ZURÜCK.
LOS!
SCHNELL!
DA!
!
FRÄULEIN M-ZAK ?!

HAAA
BZZN
IZZAT IZZAT
HIMMEL!
DAS 9. BATAILLON HAT DIE VERBINDUNG UNTER-BROCHEN!
SUNAO?
ODER, SUNAO ?!
DAS WAR FRÄULEIN M-ZAK! DA BIN ICH MIR SICHER !!

WAS SIND DAS FÜR EINDRÜCKE?
ICH SPÜRE SO ETWAS WIE EINEN DRUCK.
VOR FRÄULEIN M-ZAK KANN MAN ETWAS ERKENNEN ...
ICH HABE DAS SCHON EINMAL GESPÜRT.
JA! ES IST DIESELBE AURA!!
WIE DAS MONSTER, DAS UNS IN DEM RES-TAURANT ANGEGRIFFEN HAT!
DU! WAS WILLST DU DAMIT SAGEN?! KENNST DU DIE SENTINEL?!
OH?!
ICH? DIE SENTI... WAS?!

SENTINEL ?
Iiik!
KUMP
SEN-TINEL!
NEIN, NICHT... NICHT DIE SENTINEL ...
SIND DAS DIE UNGEHEUER AUS DEM RAUM-SCHIFF?

DU HAST DEINE ERIN-NERUNG WIEDER GEFUN-DEN !!
KEI!
SUNAOOO! WAS WERDEN WIR TUN ?!
SHLAAP

WIR MÜSSEN ETWAS UNTER-NEHMEN !!
FRÄULEIN M-ZAK KÄMPFT IM INNEREN DES ZENTRUMS GERADE GEGEN DIE MONSTER AUS DEM RAUMSCHIFF!
...ETWAS UNTER-NEHMEN ...
WIR MÜSSEN ...

WAS WIRD AUS IHR ...
FRÄULEIN M-ZAK ...

Hah
Hah
Hah
KÜMMERT EUCH UM DIE VERLETZTEN, WÄHREND ICH SIE ZURÜCKDRÄNGE !!
HÖR AUF ...
UND RED KEINEN QUATSCH!

DU KANNST DOCH ALLEIN GAR NICHTS GEGEN DIE AUSRICHTEN !!

AUSSERDEM HAST DU DOCH GEMEINT, DASS WIR NUR EIN LEBEN HÄTTEN!!
JA, ABER WENN DAS SO WEITERGEHT, BLEIBEN WIR ALLE AUF DER STRECKE!!
!
DA IST ER!!
OKAY, GUT... DA DU SO STARK BIST, ÜBERLASS ICH IHN DIR!
AHR

GOM
KHHRS
SHLAP

BVUN
BLUNK
DA!!
HAA!
TSHAFLING
KZRMMN

PIK
KZIN
PIK
PIK
KZIN
KT
!
SHVT
AN
HA!
DIESER SAB-RAZOR HAT ZWAR EINE WIRKUNG, ABER SIE HÄLT NICHT LANGE AN.
MIST!

27. Akt

SHRAAKT
FZAM
WOAH!
BOM BOM BOM
DANN BEEIL DICH EIN BISSCHEN! ER WIRD GLEICH HIER SEIN.
SO HABEN WIR KEINE CHANCE, UNS ZU RETTEN!

PF
AN
SHTUN
HUAARGH!
BOM BOM
BOM BOM

ZVAT
URK
SPIN
ICH VERLASS MICH AUF DICH!
DUAM
STAP
SCHUN
HUAA!
PASHAK

SKAN
GA GA GA
GAN
HAK
TZ
ES WIRD IMMER SCHLIMMER!
URG!
BWO WOO WOO WOM WOM

KZUIN
GUUU
PA AM
MIR KOMMT ES JA FAST SO VOR, ALS WÄRE DER SAB-RAZOR VON DOKTOR HEIDEMANN MODIFIZIERT WORDEN.
PFF
UND DIESE FRAU IST EINE ÜBER-RASCHUNG.

OB MAN IHRE KRÄFTE KÜNST-LICH VER-STÄRKT HAT?
NEIN, DAFÜR REAGIERT SIE ZU GUT.
SIE IST IN DER LAGE, ES MIT NR. 2 AUFZUNEHMEN, OBWOHL ICH DIE WIRKUNG IHRER WAFFE REDUZIERT HABE ...
BESSER, ICH MACHE JETZT HIER SCHLUSS.
EIN SEHR INTERESSANTES OBJEKT... ABER FARN MACHT SICH BESTIMMT SCHON GROSSE SORGEN.
TAK

PLINK
HURK!
KSHANG
KZIIN
KEINE QUALITÄT!
DIESES MILITÄRMATERIAL IST ECHTER MIST !!
HYUT
HÄ ?
WOAH!

BLOK
BLOK
BLOK
BLOAP

SKLI
ANG

KTUN
TAP
SHUUTS
TSHUN
KTIN
TSHUN
SHUUN
KTIN

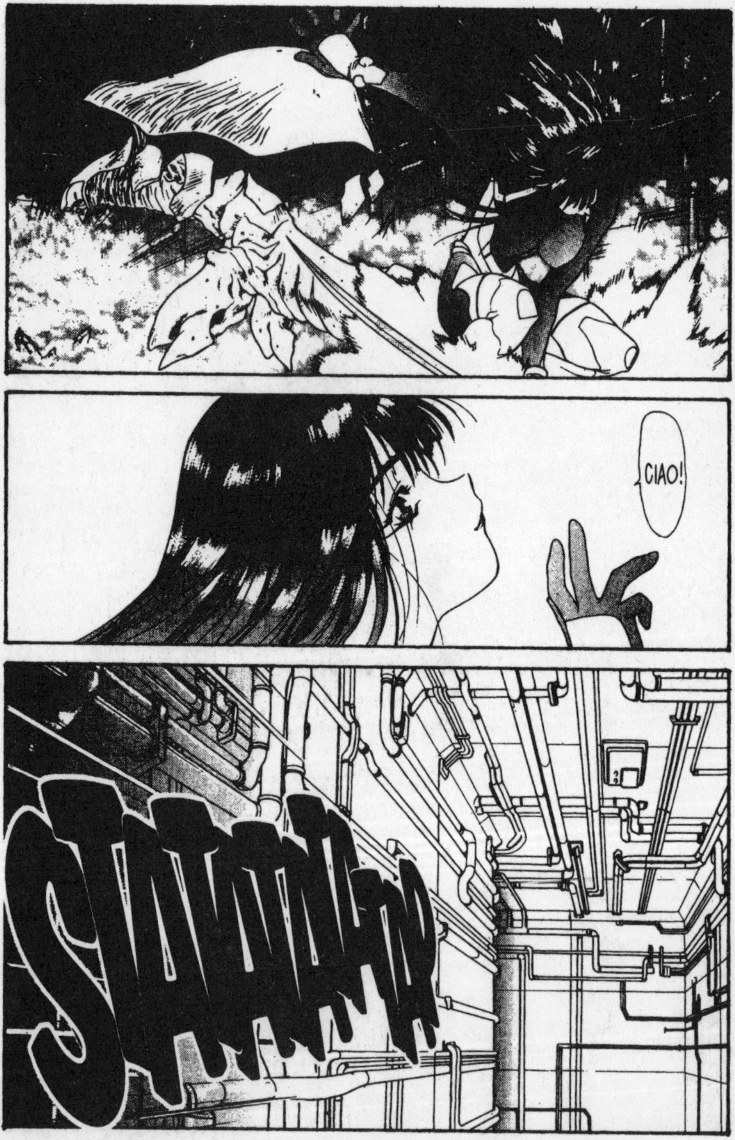
CIAO!

GLUP

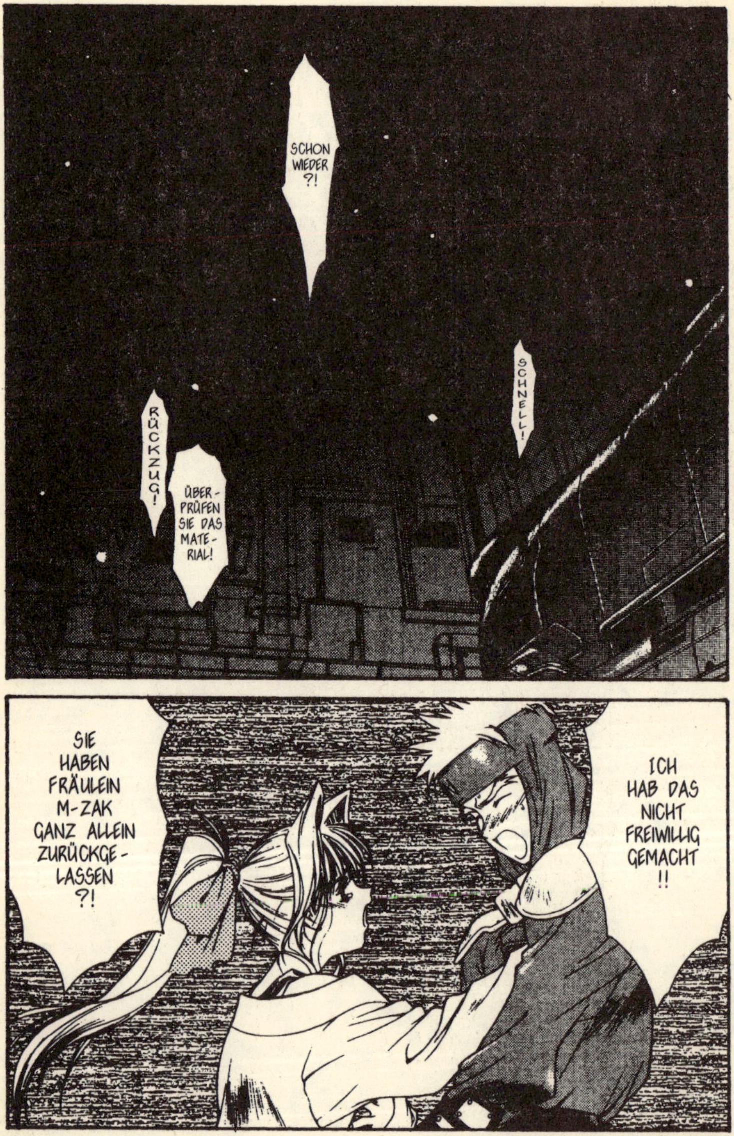
SCHON WIEDER ?!
SCHNELL!
RÜCKZUG!
ÜBER-PRÜFEN SIE DAS MATE-RIAL!
SIE HABEN FRÄULEIN M-ZAK GANZ ALLEIN ZURÜCKGE-LASSEN ?!
ICH HAB DAS NICHT FREIWILLIG GEMACHT !!

WENN SIE UNS NICHT DIE ZEIT VERSCHAFFT HÄTTE, WÄREN WIR ALLE JETZT TOT!
UN
UN
SIE MÜSSEN DAS VER-STEHEN ...
ICH... ICH KONNTE NICHTS ANDERES TUN ...
ES TUT MIR LEID ...
... HUU...
TLAK
VATER, ICH FLEHE DICH AN ...
WIR MÜSSEN FRÄULEIN M-ZAK HELFEN ...

DER SAB-RAZOR KANN GEGEN DIE SENTINEL NICHTS AUSRICHTEN. WIR HABEN NICHTS, WAS WIR GEGEN SIE EINSETZEN KÖNNTEN.
DER RÜCKZUG DER TRUPPEN HAT BEREITS BEGONNEN... WIR HABEN SCHON ZU VIELE MÄNNER VERLOREN.
UND WEGEN EINER EINZIGEN PERSON KÖNNEN WIR NICHT UMKEHREN ...
BITTE, VERSTEH DAS.
HE, DU! KÜMMERE DICH UM KEI.
SAG ...
SUNAO ...

NUN ... DU HAST DOCH GESAGT, KEI ...
ÄH... NEIN. ES... ES WIRD SCHON GUT WERDEN!
WIRD SIE STERBEN?
FRÄULEIN M-ZAK ...
HIC
...DASS SIE EIN BESONDERER MENSCH IST!
ABER SIE MUSS GEGEN UNGEHEUER KÄMPFEN, DIE UNSER FASSUNGSVERMÖGEN ÜBERSCHREITEN!!
ICH FLEHE EUCH AN ...
BITTE RETTET ...
...FRÄULEIN M-ZAK!
FTAP

DZ DZUDZUDZ

KLANG
HYAAAA!
WEGEN SEINER LANGEN GLIEDMASSE MUSS ICH NAH AN IHN HERAN...
...UND DEN NAHKAMPF SUCHEN!!
NOCH SO EIN SCHERZKEKS...
ICH HÄTTE GERN ERST MAL EINE VERSCHNAUFPAUSE GEHABT!
SHIT!
SUP

CAT CAT CAT
CAT CAT

GUT
SO!

VCT
STAF

STAF
DA-
NEBEN
!!
AH!
GLISH
HYUT

SHPAM

URG ...
UNG ...
PFFF
GLAT
GLAT
GLAT
BITTE ...
Blurrf
ZU
IP

FRÄULEIN M - ZAK ...
JEMAND MUSS ...
BITTE ...
JEMAND MUSS SIE RETTEN ...

ICH FLEHE EUCH AN ...
PLAK
PLIC
PLIC

OOM

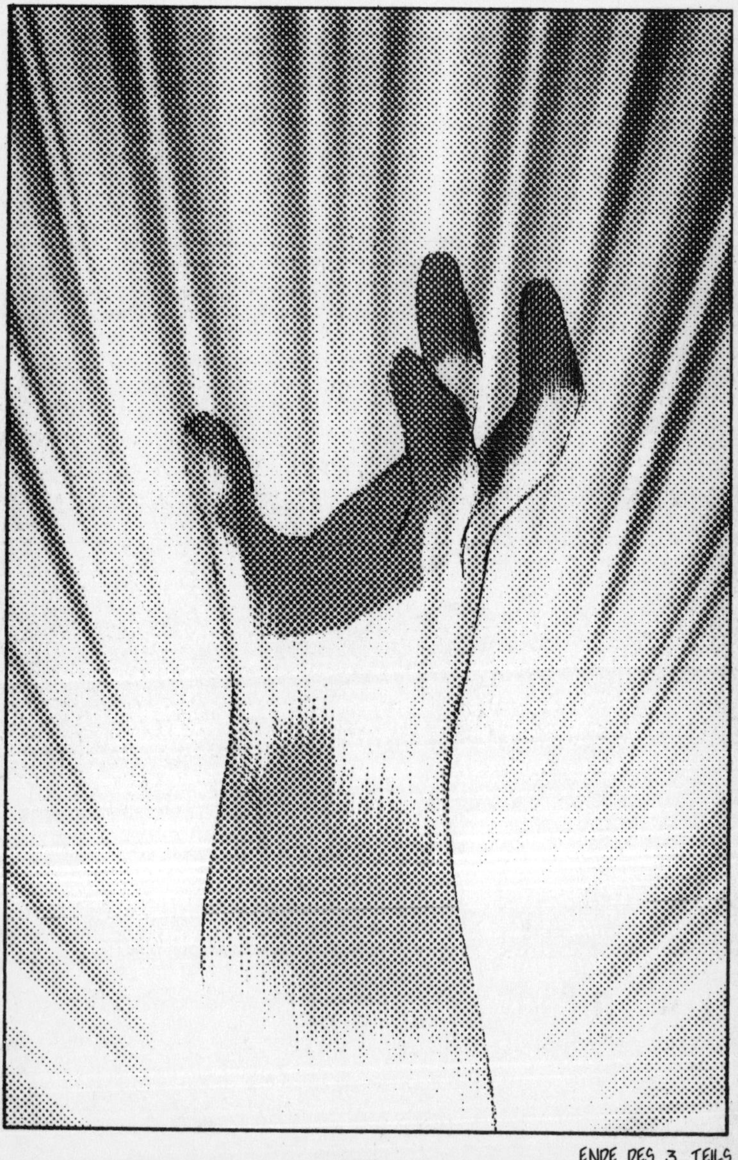

ENDE DES 3. TEILS

What's
MICHAEL
© 2001 Makoto Kobayashi. All rights reserved.

EDEN
It's an Endless World!
3
Das Meisterwerk von Hiroki Endo!
Alle 3 Monate neu!
Weisheiten unter:
www.MangaNet.de
EGMONT MANGA & ANIME 漫画 adult
© 2001 Hiroki Endo. All Rights Reserved.

-GESAMTVERZEICHNIS

ACHTUNG! Alle Egmont Manga & Anime Titel (ehemals Feest*Manga*) haben neue ISBN Nummern bekommen! die neuen Nummern beginnen mit 3-89885-. Die Endnummern sind unten links aufgeführt. Die alten Nummern beginnen mit *3-89343-*. Endnummern sind kursiv in Klammern gestellt.

APPLESEED

Shirow
SC, s/w DM 9,95/€ 4,99 [D]

1 **Das Prometheus-Projekt**
000-5 *(615-4)*
2 **Gastfreundschaft**
001-3 *(616-2)*
3 **Die Herausforderung**
002-1 *(617-0)*
4 **Die Stunde Null**
003-x *(618-9)*
5 **Der Scharfschütze**
004-8 *(619-7)*
6 **Tot oder lebendig**
005-6 *(620-0)*
7 **Das Gleichgewicht der Kräfte**
006-4 *(621-9)*
8 **Weltanschauungen**
007-2 *(622-7)*
9 **Das Abkommen**
008-0 *(623-5)*

BLAME!

Nihei
TB, s/w, DM 11,95/€ 6,10 [D]

1 **Band 1**
012-9 *(082-2)*
2 **Band 2**
013-7 *(083-0)*
3 **Band 3**
014-5 *(084-9)*
4 **Band 4**
015-3 *(085-7)*

CARD CAPTOR SAKURA

Clamp
TB, s/w, DM 9,95/€ 4,99 [D]

1 **Das Clow-Buch**
022-6 *(800-9)*
2 **Familienbande**
023-4 *(801-7)*
3 **Die neue Lehrerin**
024-2 *(802-5)*
4 **Die Mutprobe**
025-0 *(803-3)*
5 **Die Theateraufführung**
026-9 *(804-1)*
6 **Die letzte Karte**
027-7 *(805-x)*
7 **Band 7**
028-5 *(806-8)*

CARD CAPTOR SAKURA

EINZELTITEL

Clamp
HC, 4c, DM 49,–/€ 25,– [D]

1 **Artbook 1**
035-8 *(799-1)*

CITY HUNTER

Tsukasa
TB, s/w, DM 9,95/€ 4,99 [D]

1 **Band 1**
046-3 *(685-5)*
2 **Band 2**
047-1 *(686-3)*

DOMINION

Shirow
SC, s/w DM 16,80/€ 8,60 [D]

2 **Intervention**
084-6 *(604-9)*
3 **Phantom**
085-4 *(605-7)*
4 **Konflikt 1**
086-2 *(606-5)*
5 **Konflikt 2**
087-0 *(607-3)*

EDEN

Hiroki
TB, s/w, DM 9,95/€ 4,99 [D]

1 **Band 1**
099-4 *(365-1)*
2 **Band 2**
100-1 *(366-x)*
3 **Band 3**
101-x *(386-4)*
4 **Band 4**
102-8 *(387-2)*

EXAXXION

Sonoda
TB, s/w, DM 9,95/€ 4,99 [D]

1 **Band 1**
108-7 *(383-x)*
2 **Band 2**
109-5 *(384-8)*
3 **Band 3**
110-9 *(385-6)*

GHOST IN THE SHELL

Shirow
SC, DM 19,80/€ 10,– [D]

1 **Der Schrottdschungel**
115-x *(590-5)*
2 **Die Robot-Rebellion**
116-8 *(591-3)*
3 **Brain-Drain**
117-6 *(592-1)*

GUNSMITH CATS

Sonoda
SC, s/w, DM 9,95/€ 4,99 [D]

1 **Bonnie und Clyde**
121-4 *(576-x)*
2 **Die Explosion**
122-2 *(577-8)*
3 **Verfolgungsjagd**
123-0 *(578-6)*
4 **Bean Bandit**
124-9 *(579-4)*
5 **Das große Spiel**
125-7 *(580-8)*
6 **Misty Brown**
126-5 *(581-6)*
7 **Minnie May**
127-3 *(582-4)*
8 **Roy**
128-1 *(583-2)*
9 **Verlorenes Spiel**
129-x *(584-0)*
10 **Herausforderung**
130-3 *(585-9)*
11 **Im Kreuzfeuer**
131-1 *(586-7)*
12 **Entführt!**
132-x *(593-x)*
13 **Jeena**
133-8 *(594-8)*
14 **Trautes Heim**
134-6 *(595-6)*
15 **Gordis Rückkehr**
135-4 *(596-4)*
16 **Selbstmord**
136-2 *(597-2)*
17 **Die Konfrontation**
137-0 *(598-0)*
18 **Geheimnisse**
138-9 *(599-9)*
19 **Happy Birthday**
139-7 *(625-1)*

KAMIKAZE KAITO JEANNE

Tanemura
TB, s/w, DM 9,95/€ 4,99 [D]

1 **Band 1**
140-0 *(323-6)*
2 **Band 2**
141-9 *(324-4*

NARU TARU

Kitoh
TB, s/w, DM 9,95/€ 4,99 [D]

1 **Band 1**
148-6 *(091-1)*
2 **Band 2**
149-4 *(092-x)*
3 **Band 3**
150-8 *(093-8)*

OH! MY GODDESS

Fujishima
TB, s/w DM 6,95/€ 3,55 [D]

1 **Falsch verbunden**
158-3 *(412-7)*

TB, s/w DM 9,95/€ 4,99 [D]

2 **Ah! Meine große Schwester**
159-1 *(413-5)*
3 **Ein echtes Wunder**
160-5 *(414-3)*
4 **Schlechte Tage für Dämonen**
161-3 *(415-1)*
5 **Nichts als Ärger**
162-1 *(416-x)*
6 **Urd und der Junge**
163-x *(417-8)*
7 **Rache ist süß**
164-8 *(418-6)*
8 **Der Ninja-Meister**
165-6 *(419-4)*
9 **Das Gesetz des Ninja**
166-4 *(626-x)*
10 **Das große Spiel**
167-2 *(627-0)*
11 **Der Kampf um Urd**
168-0 *(628-6)*
12 **Keiichi und die Frauen**
169-9 *(629-4)*
13 **Das Ende der Kindheit**
170-2 *(634-0)*
14 **Königin Sayoko**
171-0 *(635-9)*
15 **Körper und Geist**
172-9 *(636-7)*
16 **Die Rückkehr der 4. Göttin**
173-7 *(637-5)*
17 **Licht und Schatten**
174-5 *(638-3)*

OH! MY GODDESS

ANIME COMIC

Fujishima
TB, 4c, DM 12,95/€ 6,60 [D]

1 **Band 1**
190-7 *(639-1)*

POKÉMON ADVENTURES

TB, s/w, DM 9,95/€ 4,99 [D]

1 **Band 1**
195-8 *(919-6)*
2 **Band 2**
196-6 *(920-x)*

POKÉMON EINZELTITEL

HC, 4c, DM 19,80/€ 10,– [D]
Artbook
204-0 *(957-9)*

SC, 4c, DM 19,80/€ 10,– [D]
Das offizielle Handbook
205-9 *(926-9)*

SC, 4c, DM 9,95/€ 4,99 [D]
Postkartenbuch
206-7 *(958-7)*

RANMA 1/2

Takahashi
TB, s/w, DM 9,95/€ 4,99 [D]

1 Die wunderbare Quelle
207-5 *(297-3)*
2 Der Jäger
208-3 *(298-1)*
3 Die schwarze Rose
209-1 *(299-x)*
4 Der Kuß des Todes
210-5 *(335-x)*
5 Die Katzen
211-3 *(336-8)*
6 Der Ahne
212-1 *(337-6)*
7 Die Schande
213-x *(338-4)*
8 Romeo und Julia
214-8 *(339-2)*
9 Das blaue Band
215-6 *(340-6)*
10 Das magische Armband
216-4 *(341-4)*
11 Das wundersame Rezept
217-2 *(346-5)*
12 Narrenfreiheit
218-0 *(347-3)*
13 Happosais Rache
219-9 *(348-1)*
14 Ranmas Wiedergeburt
220-2 *(349-x)*
15 Der letzte Wunsch
221-0 *(353-8)*
16 Die letzte Wahl
222-9 *(354-6)*
17 Nabikis Falle
223-7 *(355-4)*
18 Der Dämon
224-5 *(356-2)*
19 Die Insel
225-3 *(357-0)*
20 Ryogas Sieg
226-1 *(358-9)*
21 Wie der Vater, so der Sohn
227-x *(359-7)*
22 Ranmas Mutter
228-8 *(360-0)*
23 Krakenarme
229-6 *(361-9)*
24 Das teuflische Trio
230-x *(362-7)*
25 Happosais Anhänger
231-8 *(370-8)*
26 Das Land der Riesen
232-6 *(086-5)*
27 Die Geistergrotte
233-4 *(087-3)*
28 Ranmas Schatten
234-2 *(088-1)*
29 Die Zwillinge
235-0 *(089-x)*

SAILOR MOON TASCHENBÜCHER

Takeuchi
TB, s/w, DM 9,95/€ 4,99 [D]

1 Die Metamorphose
245-8 *(556-5)*
2 Der maskierte Mann
246-6 *(557-3)*
3 Die Mond-Kriegerinnen
247-4 *(558-1)*
4 Der Silberkristall
248-2 *(559-x)*
5 Wächterin der Zeit
249-0 *(560-3)*
6 Planet Nemesis
250-4 *(561-1)*
7 Black Lady
251-2 *(562-x)*
8 Die Schule des Lebens
252-0 *(563-8)*
9 Uranus und Neptun
253-9 *(564-6)*
10 Sailor Saturn
254-7 *(565-4)*
11 Prinzessin Kaguya
255-5 *(566-2)*
12 Pegasus
256-3 *(567-0)*
13 Helios
257-1 *(502-6)*
14 Dead Moon Circus
258-x *(503-4)*
15 Königin Neherenia
259-8 *(504-2)*
16 Die Starlights
260-1 *(505-0)*

17 Sailor Galaxia
261-x *(506-9)*
18 Das galaktische Chaos
262-8 *(507-7)*

SAILOR MOON ART EDITION

Takeuchi *(ISBN 3-7704-)*
SC, 4c, DM 8,20/€ 4,10 [D]

1 Band 1
266-0 *(2495-6)*
2 Band 2
267-9 *(2496-4)*
3 Band 3
268-7 *(2497-2)*

4 **Band 4**
269-5 *(2498-0)*
5 **Band 5**
270-9 *(2499-9)*
6 **Band 6**
271-7 *(2500-6)*

SAILOR MOON ORIGINAL ARTBOOK

Takeuchi
HC, 4c, DM 49,–/€ 25,– [D]
2 **Band 2**
281-4 *(536-0)*
3 **Band 3**
282-2 *(538-7)*
4 **Band 4**
283-0 *(539-5)*
5 **Band 5**
284-9 *(512-3)*

SAILOR MOON PRÄSENTIERT

Takeuchi
TB, s/w, DM 9,95/€ 4,99 [D]
1 **Chocolate Christmas**
272-5 *(486-0)*
2 **The Cherry Project I**
273-3 *(487-9)*
3 **The Cherry Project II**
274-1 *(488-7)*
4 **The Cherry Project III**
275-x *(489-5)*

SAILOR MOON EINZELTITEL

Takeuchi
SC, s/w, DM 29,80/€ 15,30 [D]
Sailor Moon Kompendium
292-x *(513-1)*

SC DM 14,80/€ 7,60 [D]
Postkartenbuch
291-1 *(537-0)*

SAILOR V

Takeuchi
TB, s/w, DM 9,95/€ 4,99 [D]

1 **Teil 1**
263-6 *(483-6)*
2 **Teil 2**
264-4 *(484-4)*
3 **Teil 3**
265-2 *(485-2)*

SERAPHIC FEATHER

Utatane
TB, s/w, DM 11,95/€ 6,10 [D]
1 **Der Kontakt**
293-8 *(524-7)*

2 **Die Federn des Engels**
294-6 *(525-5)*
3 **Das Zentrum**
295-4 *(526-3)*
4 **xxx**
296-2 *(531-x)*
5 **xxx**
297-0 *(515-8)*

WEDDING PEACH

Yazawa
TB, s/w, DM 9,95/€ 4,99 [D]
1 **Der Engel der Liebe**
301-2 *(476-3)*
2 **Die Zauberhaften Vier**
302-0 *(477-1)*
3 **Das Tor zur Dämonenwelt**
303-9 *(478-x)*
4 **Ein neuer Freund**
304-7 *(479-8)*
5 **xxx**
305-5 *(138-1)*
6 **xxx**
306-3 *(139-x)*

WHAT'S MICHAEL?

Kobayashi
TB, s/w, DM 9,95/€ 4,99 [D]
1 **Alles für die Katz'**
308-x *(119-5)*
2 **Katzenjammer**
309-8 *(120-8)*

YOU´RE UNDER ARREST

Fujishima
TB, s/w, DM 9,95/€ 4,99 [D]
1 **Der Glückstag**
316-0 *(695-2)*
2 **Der Schrecken der Nacht**
317-9 *(696-0)*
3 **Der Geschmack des Risikos**
318-7 *(697-9)*
4 **Frauen an die Front**
319-5 *(698-7)*
5 **Seidenslips und Weihnachtsbäume**
320-9 *(699-5)*
6 **Eine Polizistin sieht Rot**
321-7 *(700-2)*
7 **Nur keine Panik**
322-5 *(701-0)*